capito Wien (Hrsg.)

Einfach zum Lesen

Literatur in Leichter Sprache

capito Wien (Hrsg.)

Einfach zum Lesen

Literatur in Leichter Sprache

Herausgeber:

capito Wien / Auftakt Services GmbH

Würtzlerstraße 23/1/1, 1030 Wien

www.capito-wien.at

Lektorat und Gestaltung: Doris Becker-Machreich

Herstellung und Verlag: BoD – Books on Demand, Norderstedt

ISBN 978-3-75434-650-1

Inhalt

Literatur in Leichter Sprache

Kann man Literatur auch in Leichter Sprache schreiben?
Wir von capito Wien sind davon überzeugt. Deshalb haben wir
den Wettbewerb Literatur in Leichter Sprache gestartet.

Insgesamt wurden mehr als 30 Texte eingereicht.
Diese Texte sind keine Übersetzungen, sondern Geschichten,
die in Leichter Sprache geschrieben sind.

Eine Fachjury und eine Laienjury haben die Texte bewertet.
Die 15 am besten bewerteten Texte finden Sie in diesem Buch.
Sie entsprechen meist nicht zur Gänze den Kriterien für Leichte
Sprache. Die Texte wurden von uns nur lektoriert und
formatiert. Sonst sind sie so abgedruckt, wie sie von den
Autorinnen eingereicht wurden.

Mit unserem Wettbewerb und diesem Buch wollen wir einen
Beitrag dazu leisten, dass Menschen leicht und gerne lesen.
Wir wünschen Ihnen eine gute Zeit beim Lesen!

Robert Winklehner und Doris Becker-Machreich
capito Wien

DANKSAGUNG

Herzlichen Dank an unsere Fachjury: Walburga Fröhlich, Mitbegründerin von capito und Expertin für Leichte Sprache, und die beiden Autoren Jürgen Heimlich und Michael Stavarič.

Großer Dank gilt auch der inklusiven Lesegruppe unter der Moderation von Inga Schiffler. Mitglieder dieser Lesegruppe sind auch Menschen mit Leseschwierigkeiten, die eine wichtige Zielgruppe dieser Texte sind.
Mehr dazu unter: www.inga-schiffler.net/vorlese-stunde

Besonders bedanken wir uns bei allen Autorinnen und Autoren, die ihre Texte eingereicht haben. Sie leisten damit einen wichtigen Beitrag dazu, damss alle Menschen Literatur in Leichter Sprache lesen können. Aufgrund des Umfangs haben wir nur 15 Texte in dieses Buch aufgenommen.

Die Reihung im Buch ist alphabetisch. Die 3 Preisträgerinnen sind Claudia Schäfer, Katharina Gernet und Alexandra Lüthen.

Die eingereichten Texte können Sie hier nachlesen:
www.capito-wien.at/Literaturpreis 2021

Carlas Himmel

Carla lebt alleine.

Sie hat eine kleine Wohnung im Erdgeschoss.

Früher wollte sie lieber oben wohnen,

wo man den Himmel sieht.

Aber Wohnungen mit Himmel sind teuer.

Inzwischen hat Carla ihren eigenen Himmel gefunden.

Und das kam so:

Carla arbeitete in einem großen Restaurant.

8 Stunden am Tag spülte sie Geschirr.

Sie faltete Servietten.

Sie polierte Besteck und Gläser.

Sie verdiente nicht besonders viel.

Manchmal war der Job langweilig.

Dann kam Corona, und das Restaurant musste schließen.

Zuerst fand Carla das cool.

Sie konnte jeden Morgen ausschlafen.

Abends guckte sie Netflix-Serien.

Sie bekam trotzdem Geld.

Doch bald vermisste sie das Restaurant.

Und am meisten vermisste sie Carl.

Carla dachte an den ersten Tag mit Carl.

Das Restaurant war voller Leute gewesen.

Carla musste viele Gläser spülen.

Deshalb machte sie spät Pause.

Carl rührte gerade Schokoladencreme in der großen Schüssel an.

Er füllte etwas davon in ein Glas.

„Probier mal", sagte er.

Die Schokoladencreme zerging auf Carlas Zunge.

„Köstlich", sagte Carla. „Kann ich noch mehr haben?"

Eine Woche später hatte Carla ihren freien Tag.

Sie ging in den Park.

Die Sonne schien und der Himmel war blau.

In ihrer Wohnung war der Himmel weit weg.

Aber im Park war der Himmel ganz nah.

Carla machte viele Fotos vom Himmel.

„Hey, Carla", sagte eine Stimme hinter ihr.

Carla sah in Carls lachendes Gesicht.

Sie liefen zusammen durch den Park.

Am Kiosk tranken sie eine heiße Schokolade.

Carla zeigte Carl ihre Fotos.

„Wow. Die sind echt gut. Du solltest Fotografin werden",
sagte Carl.

„Wie denn?", fragte Carla.

„Du kannst deine Fotos auf Instagram hochladen", sagte Carl.

„Dann wirst du berühmt."

„Vielleicht finden andere Leute meine Fotos nicht so toll",
sagte Carla.

„Quatsch", sagte Carl.

„Deine Himmel sind genauso schön wie du."

Carla wurde rot.

Carl wurde auch rot. „Ich meine, deine Fotos sind super."

Am nächsten Tag machten Carl und Carla
wieder zusammen Pause.

„Hilfst du mir, ein Instagram-Konto einzurichten?",
fragte Carla.

„Klar. Heute nach der Arbeit?"

Carla nickte.

Carl gab Carla die Schüssel mit Schokoladencreme.

„Hier, zum Auslecken", sagte er.

„Falls ich berühmt werde, mache ich den Job trotzdem weiter.
Wegen deiner Schokoladencreme", sagte Carla.

„Ich bleibe nicht mehr lange hier", sagte Carl.

Carla bekam weiche Knie.

„Wo willst du denn hin?", fragte sie.

„Ich gehe nach Brasilien. Da wachsen die besten Kakaobohnen.
Ich mache meine eigene Schokolade. Bio natürlich."

Carla konnte sich das gut vorstellen.

Carl sah aus wie einer, der seine Träume wahr macht.

„Wow, Brasilien", sagte Carla. „Ziemlich weit weg."

Beinahe hätte sie geweint.

Schnell schluckte sie die Tränen runter.

„Willst du mitkommen?", fragte Carl.

„In Brasilien kannst du auch Fotos machen.
Da ist der Himmel viel größer als hier."

Carla war sprachlos vor Freude.

Auf einmal war ihr Leben aufregend.

Und alles wegen Carl.

So fing es an mit Carl und Carla.

Ein paar Tage später kam der Lockdown.

Carla schickte Carl eine Nachricht.

„Treffen wir uns?"

Carla wartete eine Stunde.

Carl antwortete nicht.

Carla schickte noch eine Nachricht. „Bist du ok?"

Das Handy blieb stumm.

Carla rief bei Carl an.

Der AB mit Carls Stimme plapperte los.

„Carl", rief Carla. „Wo bist du?"

Aber sie bekam keine Antwort.

Am Sonntag kam Carlas Mutter zum Kaffee.

„Du machst ja ein Gesicht wie drei Tage Regenwetter."

„Ich mache mir Sorgen um Carl", sagte Carla.

„Wer ist Carl?", fragte Carlas Mutter.

„Ein Kollege", sagte Carla.

„Ruf doch deine Chefin an.

Sie weiß bestimmt, wo er wohnt", sagte Carlas Mutter.

„Du kannst bei ihm vorbeigehen.

Vielleicht ist sein Handy kaputt."

Carla rief ihre Chefin an.

„Sorry, aber Carls Adresse darf ich Ihnen nicht geben", sagte sie.

„Wieso nicht?," fragte Carla.

„Wegen Datenschutz", sagte die Chefin. „Geht´s Ihnen gut?"

„Ja. Aber ich vermisse Carl", sagte Carla.

„Carl meldet sich bestimmt", sagte die Chefin.

„Und irgendwann ist Corona vorbei."

Carla wartete auf Carls Anruf.

Sie wartete auf das Ende von Corona.

Carla wartete und wartete.

Aber Corona ging weiter und Carl meldete sich nicht.

Carla telefonierte jeden Tag mit ihrer Mutter.

Carlas Mutter ist Krankenschwester.

Sie arbeitete auf der Station mit Covid-Kranken.

„Carl hat mich vergessen", sagte Carla.

„Dich kann man nicht vergessen", sagte Carlas Mutter.

Carla weinte ein bisschen,

weil ihre Mutter so nette Sachen sagte.

Sie weinte auch, weil sie Angst um ihre Mutter hatte.

Corona ist gefährlich.

Deshalb trug Carla immer eine Maske.

14

Eine ganze Woche verging, aber Carl meldete sich nicht.

Bestimmt ist er ohne mich nach Brasilien gefahren, dachte Carla.

Manche Leute verreisten trotz Corona.

Sie zogen ihr Ding durch.

Carla war traurig.

Carl zog auch nur sein eigenes Ding durch.

Sonst hätte er sie angerufen.

Carla wollte Carl vergessen.

Sie nähte himmelblaue Masken.

Eine Maske mit Sonne für ihre Mutter.

Eine andere mit Mondsicheln für sich selbst.

Die Mondsicheln sahen aus wie ein C.

C wie Carl und Carla.

Carl wollte einfach nicht aus Carlas Herz verschwinden.

Da konnte sie so viele Masken nähen, wie sie wollte.

Immerzu dachte sie an Carl.

Carl, der so leckere Schokoladencreme machte.

Carl, der ihre Himmelfotos mochte.

Carl, der sie schön fand.

Carl, der sie fragte, ob sie mit ihm nach Brasilien fährt.

Da rief Carlas Mutter an.

„Ich hab ihn gefunden", rief sie.

Carlas Mutter redete sehr schnell und sehr laut.

Carla hielt das Handy ein Stück vom Ohr weg.

„Wen?", fragte sie.

„Na, deinen Carl", sagte Carlas Mutter.

Carla war verwirrt.

„Woher weißt du, dass es mein Carl ist?"

Carlas Mutter lachte.

„Auf seinem Handy ist ein Foto von Euch beiden im Park.

Ein Selfie. Man sieht eure Nasen,

und um den Mund habt ihr einen Schokoladenbart."

Es war wirklich Carlas Carl.

Er lag bei ihrer Mutter auf der Covid-Station.

Er war ziemlich krank gewesen.

Deshalb hatte er sich nicht gemeldet.

Aber jetzt ging es ihm besser.

Er schickte Carla gleich eine SMS.

„Bist du schon berühmt?", textete Carl.

Carl musste noch 2 Wochen im Krankenhaus bleiben.

Sie telefonierten täglich.

„Ich habe schon 250 Follower auf Instagram",
erzählte Carla stolz.
„Und ich habe ein neues Rezept für Schokoladencreme.
Es heißt Carlas Himmel", sagte Carl.
„Das schmeckt bestimmt super", sagte Carla.
Und dann weinte sie ein bisschen vor Glück.

Der Wind beim Fahren

Mariam kommt seit einigen Monaten in meinen Deutschkurs.

Der Kurs ist kostenlos.

Das ist gut für Mariam.

Mariam und ihr Mann haben nämlich nur wenig Geld.

Mariam lernt fleißig.

Und sie kommt regelmäßig zum Kurs.

Sie hat meistens ihren kleinen Sohn Achmet dabei.

Achmet ist zwei Jahre alt.

Mariam kann Achmet **nicht** in eine Kinderkrippe bringen.

Ein Platz in einer Kinderkrippe ist zu teuer.

Deshalb muss Mariam sich selbst um ihren Sohn kümmern.

Mariam nimmt Achmet überall hin mit.

Auch zum Deutschkurs.

Manchmal hat der Mann von Mariam Spätschicht.

Dann ist er am Vormittag zu Hause.

Und er kann auf Achmet aufpassen.

Aber er macht das **nicht** gerne.

Er will sich lieber von der Arbeit ausruhen.

Heute fange ich mit den Frauen vom Deutschkurs

auch noch einen Fahrradkurs an.

Der Fahrradkurs findet gleich nach dem Deutschkurs statt.

Auch der Fahrradkurs ist kostenlos.

Ich gehe mit den Frauen zum Trainingsplatz.

Mariam geht mit.

Sie will nämlich auch sehr gerne Fahrrad fahren lernen.

Sie erzählt:

Frauen dürfen in meiner Heimat **nicht** Fahrrad fahren.

Deshalb habe ich als Kind **kein** Fahrrad gehabt.

Ich habe mir das Fahrradfahren immer sehr schön vorgestellt.

Ich will gerne einmal den Wind beim Fahren spüren.

Mariam weiß:

Ein kostenloser Fahrradkurs ist ein seltenes Angebot.

Sie sollte dieses Angebot nutzen.

Deshalb will sie unbedingt dabei sein.

Sie setzt Achmet in den Kinderwagen.

Sie hofft: Achmet wird einschlafen.

Dann kann sie in Ruhe bei dem Kurs mitmachen.

Aber Achmet schläft **nicht** ein.

Er ist unruhig.

Er will aus dem Kinderwagen raus.

Er will sich bewegen.

Er fängt an zu weinen.

Dann schreit er ganz laut.

Mariam ist enttäuscht.

Sie kann **nicht** beim Fahrradkurs mitmachen.

Sie muss mit Achmet nach Hause gehen.

In der nächsten Woche kommt Mariam
eine Viertelstunde zu spät.

Ich habe mit dem Deutschkurs schon angefangen.

Ich möchte heute diese Wörter besprechen:

jemanden auf die Palme bringen.

Die Wörter bedeuten:

einen Menschen wütend machen.

Was hat Wut mit einer Palme zu tun?

Wut gibt einem Menschen Kraft.

Und mit der Kraft kann der Mensch
sogar eine Palme hinaufklettern.

Eine Palme ist ein ziemlich hoher Baum.

Wir machen eine Übung zu den neuen Wörtern.

Jede Frau überlegt sich mit den Wörtern einen Satz.

Mariam sagt:

Heute früh hat mein Mann mich auf die Palme gebracht.

Eine andere Frau aus dem Kurs fragt:

Warum?

Was war los?

Mariam erzählt:

Mein Mann hat gesagt:

Ich soll **nicht** zum Deutschkurs gehen.

Auch **nicht** zum Fahrradkurs.

Ich soll arbeiten.

Ich soll mich um Achmet kümmern.

Und um den Haushalt.

Deshalb bin ich heute zu spät zum Kurs gekommen.

Die Augen von Mariam glänzen.

Mariam weint **nicht**.

Aber sie ist sehr wütend.

Sie hatte gehofft:

Ihr Mann wird Achmet nach dem Deutschkurs holen.

Dann braucht sie sich **nicht** um Achmet zu kümmern.

Dann kann sie in Ruhe Fahrrad fahren lernen.

Aber ihr Mann will Achmet **nicht** holen kommen.

Deshalb kann sie wieder **nicht** beim Fahrradkurs mitmachen.

Da meldet sich Ambika.

Ambika ist eine andere Frau aus dem Deutschkurs.

Sie hat letztes Jahr bei mir Fahrrad fahren gelernt.

Sie hat inzwischen sehr viel geübt.

Und sie kann jetzt sehr gut fahren.

Sie hilft mir bei dem neuen Fahrradkurs.

Ambika sagt zu Mariam:

Heute ist Achmet viel auf dem Boden herumgekrabbelt.

Er ist sicher müde.

Er wird bestimmt gleich einschlafen.

Komm mit uns.

Wir anderen Frauen helfen dir abwechselnd mit Achmet.

Wir passen auf Achmet auf.

Und du kannst inzwischen trainieren.

Wir probieren es wenigstens.

Mariam meint:

Das geht **nicht**.

Es ist so kalt draußen.

Es ist zu kalt für das Kind.

Aber Ambika hat selbst zwei Kinder.

Sie kennt sich mit Kindern aus.

Sie beruhigt Mariam:

Es ist heute gar **nicht** so kalt.

Das kann Achmet aushalten.

Mariam kommt nach dem Deutschkurs mit zum Übungsplatz.

Sie bleibt etwas weiter weg von uns.

Sie schiebt Achmet im Kinderwagen hin und her.

Wir anderen Frauen laufen zur Garage.

Wir holen die großen Roller.

Und wir holen die Fahrräder.

Wir kommen zum Übungsplatz zurück.

Mariam schaut ganz glücklich.

Sie zeigt auf Achmet.

Er hat seine Augen geschlossen.

Er schläft friedlich unter seiner Decke.

Ich stelle einen Roller vor Mariam.

Ich erkläre ihr die erste Übung mit dem Roller.

Mariam sagt:

Ich will **nicht** mit dem Roller üben.

Ich will gleich mit einem richtigen Fahrrad üben.

Ich antworte:

Alle Frauen müssen erst mit dem Roller üben.

Auch du musst das.

Das ist sehr wichtig.

Später sitzt du dann nämlich viel sicherer auf dem Fahrrad.

Aber ich merke:

Ich kann Mariam **nicht** überreden.

Mariam hat es sehr eilig.

Sie will ganz schnell Fahrrad fahren lernen.

Ich zeige Mariam eine erste Übung auf dem Fahrrad.

Mariam will die Übung machen.

Aber ihr langer Mantel stört.

Der Mantel verwickelt sich in den Pedalen vom Fahrrad.

Ich sage zu Mariam:

Bitte zieh das nächste Mal unbedingt eine kurze Jacke an.

Dann kannst du deine Beine besser bewegen.

Aber Mariam antwortet:

Nein, nein.

Das geht **nicht**.

Ich muss diesen Mantel tragen.

Leichter Regen fällt.

Mariam ist der Regen egal.

Wichtig ist jetzt für sie nur:

Achmet schläft.

Sie muss die Zeit nutzen.

Sie muss so viel wie möglich üben.

Mariam nimmt mit der einen Hand

den Stoff vom Mantel zusammen.

Sie will mit der anderen Hand

nach dem Lenker vom Fahrrad greifen.

Aber so ist es schlecht.

Mariam kann den Lenker vom Fahrrad **nicht** gut festhalten.

Ich will Mariam helfen.

Ich will ihr von der Seite den Mantel halten.

Aber auch das geht **nicht**.

Da packt Mariam den Stoff von dem Mantel.

Sie dreht den Stoff zusammen.

Und sie macht einen großen Knoten in den Stoff.

Der Knoten baumelt jetzt an ihrer Hüfte.

Ich kann auf einmal die Beine von Mariam sehen.

Fühlt sich Mariam ein bisschen nackt

ohne den Mantel um die Beine?

Mariam denkt **nicht** an ihre Beine.

Sie will nur Fahrrad fahren lernen.

Sie sitzt auf dem Sattel.

Ich stütze Mariam von der Seite.

Mariam stößt sich mit voller Kraft vom Boden ab.

Ich laufe neben Mariam her.

Ich rufe:

Stell die Füße auf die Pedale!

Trete ganz fest!

Mariam rollt vorwärts.

Sie rollt immer schneller.

Ich muss immer schneller neben Mariam her rennen.

Dann hat Mariam auf einmal ganz viel Schwung.

Ich komme **nicht** mehr hinter ihr her.

Mariam rollt alleine weiter.

Ihre Füße treten gleichmäßig auf die Pedale.

Andere Frauen müssen viele Stunden mit dem Roller üben.

Erst dann können sie auf das Fahrrad wechseln.

Mariam hat es gleich beim ersten Mal geschafft.

Das ist ungewöhnlich.

Mariam sitzt noch ein bisschen wackelig auf dem Fahrrad.

Aber sie fährt.

Sie fährt in großen Kreisen um den Platz.

Das Gesicht von Mariam ist voller Freude.

Mariam ruft:

Geradeaus fahren geht gut.

Nur vor den Kurven habe ich ein bisschen Angst.

Achmet schläft friedlich in seinem Kinderwagen.

Ambika hat den Kinderwagen unter ein Dach geschoben.

So steht der Kinderwagen **nicht** im Regen.

Mariam denkt **nicht** an ihren Haushalt.

Sie denkt auch **nicht** an ihren Mann.

Sie genießt jetzt einfach den Wind beim Fahren.

Der Schokoladen-Kuchen

Ich fahre mit dem Fahrrad zur Arbeit.
Es regnet.
Schon wieder werde ich nass.
Schon wieder komme ich zu spät.
Mein Chef wird mich sicher wieder ermahnen.

Meine Kollegen sind schon im Büro.
Sie arbeiten sehr fleißig.
Niemand sieht, dass ich zu spät bin.
Leise setze ich mich hin und ziehe meine Jacke aus.
Das Wasser von meiner Jacke tropft auf den Boden.
Jetzt ist es um mich herum nass.

In der Arbeit telefoniere ich mit fremden Menschen.
Ich rufe sie an und frage sie nach ihrer Meinung
zu verschiedenen Dingen.
Zum Beispiel frage ich sie,
ob sie die Corona-Maßnahmen für sinnvoll halten.

Die fremden Menschen am Telefon sind sehr freundlich.

Ich telefoniere gerne mit ihnen.

Und ich glaube, sie telefonieren auch gerne mit mir.

Die fremden Menschen am Telefon mögen meine Stimme.

Sie sagen, meine Stimme klingt fröhlich und jung.

Heute rufe ich Menschen in Wien an.

Ich frage sie, wo sie ihre Geschenke für Weihnachten einkaufen.

Jetzt gerade spreche ich mit einer alten Frau.

Sie freut sich über meinen Anruf.

Sie erzählt mir,

dass sie ihre Geschenke nur übers Internet bestellt.

Das wundert mich.

Normalerweise gehen alte Menschen lieber ins Geschäft.

Aber die alte Frau kauft lieber im Internet ein.

Sie fühlt sich im Internet sicher.

Im Internet kann ihr keiner die Handtasche stehlen.

Das stimmt.

Ich spreche noch sehr lange mit der Frau.

Sie erzählt mir von ihrem Hund.

Der Hund ist ganz klein.

Er ist zu klein, um böse Menschen zu vertreiben.

Deshalb füttert die Frau den Hund mit Wurst.

Wenn der Hund viel frisst, wird er groß und stark.

Aber von der Wurst tut dem Hund der Bauch weh.

Deshalb muss die Frau mit dem Hund zum Tierarzt.

Die Frau will mir noch mehr erzählen.

Aber ich muss auflegen.

Ich muss ja noch andere Menschen anrufen.

Wenige Minuten später telefoniere ich mit einem Mann.

Der Mann spricht sehr leise.

Ich kann ihn aber trotzdem verstehen.

Der Mann lebt alleine in einem Haus.

Er sagt, er ist zu alt für Weihnachten.

Außerdem findet er Weihnachten blöd.

Seine Frau ist letztes Jahr zu Weihnachten gestorben.

Deshalb ist er sehr traurig.

Er hat niemanden, dem er etwas schenken kann.

Deshalb kauft er auch keine Geschenke.

Er will Weihnachten nicht mehr feiern.

Der alte Mann tut mir leid.

In meiner Pause esse ich Kuchen.

Meine Mama hat den Kuchen nur für mich gebacken.

Es ist ein Schokoladen-Kuchen zu meinem Geburtstag.

Der Kuchen schmeckt sehr gut.

Ich setze mich zu den Kollegen in den Pausen-Raum.

Meine Kollegen bekommen auch ein Stück von dem Kuchen.

Sie mögen den Kuchen.

Nur Pascal mag den Kuchen nicht.

Er sagt, der Kuchen schmeckt nach Scheiße.

Da werde ich wütend.

Ich nehme den Kuchen und gehe.

Die Pause ist sowieso fast vorbei.

Nach der Arbeite fahre ich wieder mit dem Fahrrad nach Hause.

Am Himmel ist Sonne.

Aber es ist trotzdem kalt.

Ich muss an den alten Mann von heute Vormittag denken.

Der alte Mann ist ganz alleine.

Er hat niemanden, dem er etwas schenken kann.

Seine Frau ist letztes Jahr zu Weihnachten gestorben.

Deshalb ist er sehr einsam.

Der alte Mann tut mir leid.

Ich will ihm eine Freude machen.

Sicher mag der alte Mann Kuchen.

Vielleicht mag er auch Schokoladen-Kuchen.

Ich werde den Mann besuchen und es herausfinden.

S U S A N N E   K E ß L E R

Kilimandscharo

Ich rufe das Wort laut aus: „Ki-li-mand-scha-ro!".

Jede Silbe: „Ki-li-mand-scha-ro!"

Kilimandscharo ist ein langes Wort.

Kilimandscharo ist auch ein schönes Wort.

Kilimandscharo ist ein Name für einen Berg.

Der Kilimandscharo ist der höchste Berg in Afrika.

Der Kilimandscharo liegt in Tansania.

Tansania ist ein Land in Afrika.

Dort ist es warm.

Aber es gibt Wüsten, Regenwälder und Seen.

Und Tansania liegt am Meer.

Als Kind hatte ich ein Buch gelesen:

über den Kilimandscharo.

Der Kilimandscharo wird auch Kibo genannt.

Kibo ist ein kurzes Wort.

Und Kibo ist auch ein schönes Wort.

Das Buch hieß: „Kibo".

In dem Buch waren viele Bild vom Kibo.

Und von den Tieren in Afrika.

Ich wollte immer den Kibo sehen!

Einmal im Leben eine Reise nach Afrika.

Und dann ging es los!

Viele Wochen hatte ich mich vorbereitet:

Ich habe

Bücher über Tansania gelesen.

Und Bücher über die Tierwelt.

Und Bilder über den Regenwald angeschaut.

Und ich habe Videos über den Kibo angeschaut.

In Tansania sprechen die Menschen Kisuaheli und Englisch.
„Jambo" heißt „Hallo".
„Asante sana" heißt „Vielen Dank".
Und „Hakuna Matata!" heißt „Kein Problem!".

Ich bin jeden Tag gelaufen.
Ich wollte es bis auf den Kibo schaffen.
Der Kibo ist 5.895 Meter hoch.
Das ist eine große Zahl und der Kibo ist sehr hoch!
Die Wanderung dauert 8 Tage.
Jeden Tag wandern, immer höher.
Und nachts schlafen im Zelt.
Und jetzt ging es los!
Ich war so aufgeregt!

Unser Flugzeug landete auf dem Kilimandscharo Airport.
Airport ist Englisch und du sprichst es Ärport.
Das war es wieder:
das schöne lange Wort „Kilimandscharo".

Mein erstes Hotel war schön und ruhig.
Es war mitten in einem kleinen Wildpark.
Am Morgen fuhren wir immer früh los.

Ich sah zum ersten Mal in meinem Leben:

Elefanten und Löwen,

Giraffen und Gnus,

Geparde und Flamingos.

Ich konnte es kaum glauben:

Ich sah so viele große und wunderschöne Tiere.

Nach 2 Tagen fuhren wir in ein anderes kleines Hotel.

Das war neben der Serengeti.

Die Serengeti ist eine Savanne.

Eine Savanne ist wie eine Wüste.

Aber es gibt dort auch viel Gras, Bäume und Wasser.

Die Serengeti eine sehr bekannt.

In der Serengeti leben viele Tiere.

Der Begleiter unserer Gruppe sagte abends zu uns:

„Morgen fahren wir sehr früh los.

Bitte ziehen Sie sich warm an.

Nehmen Sie Ihre Fotokamera mit.

Wir hoffen, wir sehen viele Wildtiere.

Sie werden einen schönen Tag haben.“

In der Nacht konnte ich kaum schlafen.

Welche Tiere durfte ich noch sehen.

Wir fuhren schon um 5 Uhr los, es war noch dunkel.

Wir fuhren mit einem Jeep in die Serengeti.

Jeep ist Englisch und heißt Kleinbus, du sprichst es Tschiep.

Wir waren 6 Touristen:

1 Ehepaar aus England, 3 junge Studentinnen aus Norwegen und ich.

Wir redeten nicht.

Wir waren still.

Manchmal schauten wir uns in die Augen.

Alle freuten sich auf die Reise.

Dann hielt der Jeep.

Mein Herz schlug ganz schnell.

Ich nahm meine Kamera.

Der Fahrer öffnete die Fensterscheibe.

Der Fahrer schaltete das Licht vom Jeep aus.

Dunkelheit.

Meine Augen schauten in die Wüste.

Es war ganz still.

Stille.

Der Fahrer zeigte mit der Hand auf einen großen Busch
neben der Straße.

Wir schauten und schauten.

Ich konnte erst nichts erkennen.

Aber dann sah ich es:

Zunächst einen Schwanz.

Getupft.

Und dann schaute ich genauer hin.

Da lag ein wunderschöner Leopard.

Er schlief.

Sein Fell schimmerte.

So ein schönes Tier.

Neben diesem wunderschönen Leoparden lagen noch:

2 kleine Leopardenkinder und 1 Leopardendame.

Also eine Familie.

Ich durfte wirklich eine Leopardenfamilie sehen!

Ich konnte nur hinschauen und genießen.

Welch schöne Tiere:

Das Fell, die Tupfen: gelb und schwarz, weiß und braun.

Die Tupfen heißen nicht Tupfen, sondern Rosetten.

Das hatte ich gelesen.

Aber egal.

Ein schönes getupftes Fell.

Wir fuhren weiter.

Es wurde heller und langsam Tag.

Wieder hielt der Jeep.

Ich schaute aus dem Fenster und vor mir lag die Savanne.

Welch ein schöner Anblick.

Die Savanne und die Tiere erwachten.

Ich sah das erste Mal eine Herde Zebras.

Jedes Zebra hat andere Streifen.

Jedes Zebra hat ein anderes Muster.

Jedes Zebra ist einzigartig.

Wie wir Menschen.

Jeder Mensch und jedes Tier sind einzigartig.

Meine Augen schauten in die Serengeti:
Ich sah Vögel am Himmel,
ich sah Zebras und Gnus,
ich sah Antilopen,
ich sah Gazellen.

Wir fuhren weiter und weiter in die Serengeti.
Die Serengeti ist wie ein Paradies.
Wir stiegen aus dem Jeep und machten eine Pause:
Frühstück mit heißem Tee und Brötchen.
Wir sprachen kaum.
Aber alle hatten ein Lachen im Gesicht.
Wir wollten unser Glück im Herzen behalten.

Später fuhren wir auch noch zu einer Wasserstelle:
Dort lagen wirklich Nashörner.
Jetzt wusste ich es:
Die Serengeti ist ein Paradies.

Als wir am Nachmittag wieder im Hotel waren,
legte ich mich auf mein Bett,
schloss die Augen
und war glücklich.

5 Tage war ich nun schon in Tansania.

Nun ging es zum Kibo.

Ich fuhr mit dem Taxi durch das wunderschöne Land.

Immer wieder sah ich Tiere.

Auch die einzelnen hohen Bäume gefielen mir.

Ich sprach mit dem Fahrer über Tansania und den Kibo.

Wir sprachen Englisch.

Er war noch nie auf dem höchsten Berg.

Auch er wollte immer schon hoch.

Aber er hat es noch nicht geschafft.

Endlich waren wir da.

Es war am frühen Abend und es war noch sehr warm.

Und nun sah ich ihn endlich:

den Kilimandscharo.

So ein schöner Berg.

Der Kilimandscharo ist ein Tafelberg.

Das heißt: er ist oben flach.

Nicht spitz wie andere Berge.

Der Kibo ist ein Vulkan.

Deshalb ist er oben flach.

Ein Krater, aus dem die Lava kam.

Lava ist schwarz.

Die Steine sind deshalb schwarz.

Oben liegt Schnee.

Der Kilimandscharo steht allein da.

Er ist **nicht** in einem Gebirge.

Sondern der Kilimandscharo steht als einziger Berg da.

Der Kilimandscharo ist schön.

So schön wie sein Name.

Und ich stand da und schaute ihn an.

Ich nahm meine Hände an den Mund und rief laut:

„Ki-li-mand-scha-ro!"

„Kibo!"

„Ki-li-mand-scha-ro!"

Und da wusste ich es:

Ich wollte **nicht** mehr auf den Berg.

Ich wollte nur den Kilimandscharo sehen.

Jetzt stand ich da und sah ihn mir an.
Keine Trauer war in meinem Herzen.
Sondern nur Glück in meinem ganzen Körper.

Ich war glücklich:
Ich habe so viel in Tansania erlebt.
Ich habe freundliche Menschen getroffen.
Ich habe einzigartige Tiere gesehen.
Ich habe den Kilimandscharo gesehen.
Ich habe alles gesehen und gespürt.
Ich bin 78 Jahre alt.
Ich habe mir meinen Traum erfüllt.
Ich muss **nichts** mehr.
„Hakuna Matata!"

Bilder von Ida Grosse

SLAVICA KLIMKOWSKY

Sara und Bruno

Ich heiße Bruno.
Ich bin 24 Jahre alt.
Und ich bin Bote beim Amt.
Ich laufe bei der Arbeit die ganze Zeit.

Nach der Arbeit gehe ich noch spazieren.
Keiner versteht das.
Du läufst doch so viel bei der Arbeit.
Das ist doch genug.
Das sagen sie immer.
Mama sagt das.
Oma sagt das.
Und mein Bruder Tom auch.

Mein Bruder läuft nicht gern.
Aber er fährt viel mit dem Fahrrad.
Oma läuft nicht gern.
Sie hat Knieschmerzen.

Mama läuft nicht gern.

Sie hat wenig Zeit.

Sie arbeitet viel.

Sie kümmert sich auch um Oma.

Dann ist sie müde.

Mama sagt immer:

„Bruno, du bist der Spaziergänger vom Schlosspark."

Ich gehe gern im Schlosspark spazieren.

An der Spree entlang.

Die Spree ist ein großer Fluss.

Spree fließt durch ganz Berlin.

Im Sommer fahren viele Dampfer auf der Spree.

Manchmal winken die Menschen vom Dampfer.

Ich winke dann auch.

Auch im Winter ist es schön im Schlosspark.

Dann nehme ich immer Nüsse mit.

Die Nüsse gebe ich den Eichhörnchen.

Ich plane gern alles.

Dann fühle ich mich sicher.

Am Montag wasche ich meine Wäsche.

Am Dienstag bügle ich meine Wäsche.

Am Mittwoch gehe ich ins Kino.

Am Donnerstag gehe ich im Supermarkt einkaufen.

Am Freitag gehe ich in den Klub.

Dort treffe ich alte Freunde.

Einige kenne ich noch von der Schule.

Andere von unseren Reisen.

Das sind betreute Reisen.

Da sind immer Betreuer dabei.

Am Samstag putze ich meine Wohnung.

Meine Wohnung ist klein.

Zwei Zimmer, Küche, Bad.

Ich putze gründlich.

Ganze 2 Stunden.

Dann gehe ich auf den Wochenmarkt.

Dort kaufe ich frisches Obst und Gemüse.

Jeden Sonntag sind wir alle bei Mama.

Sonntagsessen bei Mama muss sein.

Mama kann gut kochen.

Ihr Essen schmeckt am besten.
Oma und ich sind jeden Sonntag da.
Mein Bruder fehlt manchmal.
Er ruft am Nachmittag an,
wenn wir Kaffee trinken.
Er sagt, dass er verschlafen hat.
Mama und Oma lachen dann.
Er geht am Samstag in die Disko.
Dann tanzt er die ganze Nacht.
Am Sonntag ist er müde.
Ich weiß das.

Mama packt mir Essen ein.
Das Essen ist für mich.
Aber ich bringe das Essen zu Tom.
Er freut sich dann immer.

Wenn er allein ist, bleibe ich eine Stunde bei ihm.
Wir reden dann über die Arbeit.
Und wie es in der Disko war.
Manchmal ist ein Mädchen bei ihm.
Dann gebe ich ihm das Essen und gehe gleich.

Ich will auch ein Mädchen haben.
Ich habe noch nie eine Freundin gehabt.
Ich will eine Freundin.

Dann geht alles schnell.
Ich lerne Sara kennen.
Und ich sage es niemandem.
Ich sage es Mama **nicht**.
Oma auch **nicht**.
Und schon gar **nicht** meinem Bruder.

Meine Oma sagt immer:
„Bruno, du hast Arbeit,
du bist Amts-Bote.
So ein Glück."
ich weiß **nicht**, ob das Glück ist.
Das ist meine Arbeit.
Aber Sara ist Glück.
Mama sagt:
„Bruno, du bist ordentlich,
deine Wohnung ist sauber.
So ein Glück."

Und ich denke:

Saubere Wohnung ist ganz sicher kein Glück.

Aber mit Sara zusammen sein.

In meiner sauberen Wohnung.

Das ist großes Glück.

Mit Sara ist es schön.

Am Morgen.

Am Nachmittag.

Und am Abend.

Bei der Arbeit.

Und zu Hause.

Immer, wenn wir zusammen sind.

Sara lacht laut.

Sie spricht viel.

Sie kann Geschichten erzählen.

Die hat sie in Büchern gelesen.

Sara liest gern Bücher.

Und so habe ich Sara kennengelernt:

Ich komme zur Arbeit.

Um 9 Uhr fange ich an.

Die Post-Stelle ist im Erdgeschoss.
Herr Berg hat die Post schon sortiert.
Und auf den Wagen gestellt.

Ich nehme den Wagen.
Und gehe von Büro zu Büro.
Ich bringe Post hin.
Und nehme Post mit.
Viele große und kleine Briefe.
Ich bringe auch Akten.
Von einem Büro zum anderen Büro.

Mein Bruder Tom sagt:
„Das ist so langweilig."
Für ihn vielleicht.
Für mich ist es **nicht** langweilig.
Mir macht das Spaß.

Ich fange an im Büro von Frau Weber.
Frau Weber telefoniert.
Ich lege die Briefe auf ihren Schreibtisch.
Frau Weber nickt nur.
Und telefoniert weiter.

An dem Montag ist es anders.

Frau Weber telefoniert nicht.

Bei ihr im Büro sitzt eine junge Frau.

Ich lege die Briefe auf den Schreibtisch.

Frau Weber sagt:

„Danke."

Danke hat sie noch nie gesagt.

Dann sagt sie:

„Das ist Sara, sie ist Praktikantin.

Bitte nehmen Sie Sara mit.

Zeigen Sie Sara das ganze Haus.

Den Festsaal.

Die Kantine.

Und die Poststelle."

Sara und ich gehen zur Tür.

Ich drehe mich um.

Frau Weber hat schon das Telefon in der Hand.

Im Flur sagt Sara:

„Wie heißt du?"

„Bruno", sage ich.

„Bruno", sagt Sara.

Sie spitzt dabei die Lippen.

Noch nie hat jemand so schön Bruno gesagt.

Und sie sagt es immer wieder.

„Bruno, wo geht es hier lang?"

„Bruno, wie lange arbeitest du schon hier?"

„Bruno…"

„Bruno…"

Ich höre nur noch: Bruno.

Und auf einmal ist alles schön.

Der lange Gang.

Die hellgrauen Wände.

Die dunkelgrauen Stühle aus Metall.

Die großen braunen Türen.

Alles ist schön mit Sara.

Sara guckt zur Wand.

Da hängt ein Bild.

Eine Wiese und ein Berg.

Aber keine schöne Wiese mit Blumen.

„Auf dem Bild fehlt was", sagt Sara

„Und was?", sage ich.

„Schönes Licht und die Sonne", sagt Sara.

„Und Blumen auf der Wiese", sage ich.
„Stimmt", sagt Sara.

Sara hat eine schöne Stimme.
Und ein schönes Gesicht.
Und schönes Haar.
Ihr Haar ist braun und kurz.
Sara hat schöne grüne Augen.
Und schöne Lippen.
Ich will sie küssen.
Das geht aber nicht.
Wir gehen weiter.

Im Gang vor der Poststelle ist ein Tisch.
Auf dem Tisch liegen Bücher.
Und ein großes Blatt Papier.
Auf dem steht:
BÜCHER ZUM MITNEHMEN
Sarah sieht die Bücher.
Sie geht zum Tisch.
Sie nimmt jedes Buch in die Hand.
Manche legt sie gleich weg.
Zwei Bücher nimmt sie mit.

Wir sind in der Poststelle.
„Herr Berg, das ist Sara,
sie ist Praktikantin,
ich zeige ihr alles", sage ich.
Herr Berg sagt:
„Schön, Sara, hier kannst du viel lernen."

Herr Berg schaut in die Kästen auf dem Wagen.
Dann sehe ich es auch.
Oh, nein.
Herr Berg sagt:
„Gut, ihr beiden,
bitte verteilt jetzt die Post."
Ich habe die Post vergessen!
Das gibt's doch nicht.
Das ist mir noch nie passiert.

Sara und ich gehen los.
Wir schauen uns im Gang an.
Und fangen an zu lachen.
Wir lachen und lachen.
Sara hat das schönste Lachen.
Viel Zeit vergeht.

Manchmal ist Sara bei mir.
Manchmal bin ich bei Sara.
Sie wohnt in einer Wohngemeinschaft.

An einem Sonntag ist Sara bei mir.
Ich gehe nicht zu Mama zum Essen.
Ich will Mama anrufen.
Aber da klingelt schon mein Telefon.
Mama ist dran.
„Ich habe verschlafen", sage ich.
Mama lacht nicht.
„Bruno, bist du krank?", fragt Mama.
„Nein, mir geht es gut", sage ich.
„Du hast nicht verschlafen,
du doch nicht", sagt Mama.
„Doch", sage ich.
Ich lege den Telefonhörer auf.

Sara und ich gehen im Schlosspark spazieren.
Danach kaufen wir Kuchen beim Bäcker.
Dann sind wir wieder bei mir.
Ich will gerade Kaffee kochen.
Da klingelt es an der Tür.

Ich mache auf.

Da ist mein Bruder Tom.

Er bringt mir Essen von Mama.

„Mama macht sich Sorgen", sagt Tom.

„Bist du krank?", fragt Tom.

Dann schaut er mich an und sagt:

„Krank siehst du nicht aus."

„Bin ich auch nicht", sage ich.

Tom geht ins Wohnzimmer.

Da sitzt Sara auf dem Sofa.

Oh, du hast Besuch, sagt Tom.

„Das ist meine Freundin Sara", sage ich zu Tom.

„Und das ist mein Bruder Tom", sage ich zu Sara.

„Freut mich", sagt Tom.

Dann sagt er, dass er gehen muss.

Und er wünscht uns einen schönen Abend.

Und wir haben einen schönen Abend.

Und eine schöne Nacht.

Eine wunderschöne Liebesnacht.

Ich will für immer mit Sara zusammen sein.

Mit Sara ist es schön.

SABINE KRUBER

Ein Geist braucht Hilfe

Lars arbeitet in einer großen Schuh-Fabrik.
Manchmal arbeitet er am Tag.
Manchmal arbeitet er am Abend.
Das nennt man Spät-Schicht.

Lars arbeitet heute Abend.
Er arbeitet viele Stunden.
Es ist fast Mitter-Nacht.
Die Spät-Schicht ist zu Ende.
Lars steigt in sein Auto.
Er fährt nach Hause.

Es regnet.
Auf der Straße fahren nur wenige Autos.
Lars sieht keine Menschen.
In den Häusern sind alle Fenster dunkel.
Die Menschen schlafen bestimmt.
Es ist einsam.

Lars fährt durch einen Wald.

Im Wald ist es dunkel.

Es blitzt.

Es donnert.

Der Blitz macht den Wald hell.

Aber nur ganz kurz.

Da! Bei den Bäumen!

Dort steht jemand.

Ein Mensch.

Ein Monster.

Nein!

Einbildung!

Lars hat sich das Monster eingebildet.

Weil es so dunkel ist.

Weil es so stark blitzt und donnert.

Plötzlich!

Das Auto macht komische Geräusche.

Lars bekommt einen Schreck.

Dann bleibt das Auto stehen.

Der Motor ist kaputt.

Lars ist ratlos.

Er ist mitten im Wald.

Er ist allein.

Es ist dunkel.

Es blitzt und donnert.

Lars holt das Handy aus der Tasche.

Das Handy hat keinen Empfang.

Das ist blöd.

Lars kann keine Hilfe holen.

Lars sieht aus dem Auto-Fenster.

Da!

Zwischen den Bäumen!

Da flackert ein Licht!

Vielleicht kommt das Licht aus einem Haus.

Die Menschen im Haus haben bestimmt ein Telefon.

Dann kann Lars den Pannen-Dienst anrufen.

Der Pannen-Dienst wird das Auto in eine Werkstatt fahren.

Lars steigt aus dem Auto.

Er läuft durch den Wald.

Und durch den Regen.

Lars läuft auf das Licht zu.
Ja!
Dort ist ein Haus.
Das Licht kommt aus einem Fenster.

Vor dem Haus bleibt Lars stehen.
Im Garten wächst viel Unkraut.
Lars denkt:
Hier muss jemand Rasen mähen.

Lars will mutig sein.
Er klopft an die Haus-Tür.
Niemand antwortet.
Lars drückt die Tür-Klinke runter.
Die Tür springt auf.
Lars ruft:
Hallo!

Lars bekommt keine Antwort.
Er hat einen trockenen Mund.
Und schwitzige Hände.
Weil er Angst hat.
Aber Lars will mutig sein.

Er geht in das Haus.

Lars sieht das Licht.

Das Licht ist am Fenster.

Aber dort ist keine Lampe.

Und auch keine Kerze.

Das Licht schwebt in der Luft.

Lars geht auf das Licht zu.

Plötzlich ist das Licht weg. Es ist dunkel.

Lars fühlt seinen Körper.

Sein Rücken kribbelt.

Ihm ist heiß.

Dann ist ihm kalt.

Auf seinen Armen stellen sich die Haare auf.

Lars zittert am ganzen Körper.

Lars hat Angst.

Lars will keine Angst haben.

Er nimmt sein Handy.

Das Handy hat eine Taschen-Lampe.

Lars macht das Licht am Handy an.

Jetzt kann Lars ein wenig sehen.

Da steht ein Schrank.

Daneben hängt ein Regal.

Im Zimmer steht ein Tisch.

Auf dem Tisch steht ein Telefon.

Lars hebt den Hörer ab.

Das Telefon bleibt stumm.

Lars sieht auf sein Handy.

Das Handy hat immer noch keinen Empfang.

Das ist blöd.

Plötzlich!

Schritte!

Lars hört Schritte.

Jemand ist im Haus.

Die Schritte sind über ihm.

Jemand ist im ersten Stock.

Lars ruft: Hallo!

Niemand antwortet.

Lars sieht eine Treppe.

Er geht die Treppe hoch.

66

Lars ist jetzt im ersten Stock.
Er steht auf einem Flur.

Plötzlich!
Eine Tür quietscht.
Lars hält sein Handy-Licht hoch.
Da vorne!
Eine Tür geht auf.
Nur ein bisschen.
Es ist nur ein kleiner Spalt.

Lars ruft wieder: Hallo!
Niemand antwortet.
Lars geht zu der Tür.
Er lauscht.
Es ist still.

Lars stößt die Tür auf.
Vor ihm steht ein Bett.
Lars steht in einem Schlaf-Zimmer.
Er hält sein Handy hoch.
Das Handy-Licht scheint auf das Bett.
Jemand liegt im Bett.

Da liegt jemand unter der Bett-Decke.

Lars geht näher.

Lars sagt:

Hallo.

Niemand antwortet.

Lars klopft auf die Bett-Decke.

Niemand antwortet.

Lars zittert.

Weil er Angst hat.

Lars will keine Angst haben.

Er zieht die Bett-Decke weg.

Im Bett liegen Knochen.

Und ein Toten-Kopf.

Es sind Menschen-Knochen.

Es ist ein Skelett.

Lars bekommt einen Schreck.

Er schreit.

Plötzlich hört Lars eine Stimme.

Die Stimme sagt:

Bring mich zu meiner Elsie.

Jemand steht hinter Lars.

Lars dreht sich um.

Er sieht einen alten Mann.

Der Mann ist durch-sichtig.

Der Mann ist ein Geist.

Der Geister-Mann sieht traurig aus.

Er sagt:

Bring mich zu meiner Elsie.

Lars überlegt.

Elsie ist ein Frauen-Name.

Lars fragt den Geist:

Wer bist du?

Die Stimme sagt:

Ich bin Jonas.

Bring mich zu meiner Elsie.

Lars fragt Jonas:

Wer ist Elsie?

Ist Elsie deine Frau?

Der Geister-Mann nickt.

Er sieht so traurig aus.

Lars sieht auf das Bett.

Er sieht die Knochen.

Es sind die Knochen von Jonas.

Jonas ist in dem Bett gestorben.

Er ist schon lange tot.

Lars will Jonas helfen.

Er fragt Jonas:

Wo ist Elsie?

Jonas seufzt.

Dann sagt er:

Elsie ist neben der Kirche mit dem weißen Turm.

Lars kennt eine Kirche mit einem weißen Turm.

Die Kirche heißt: Sankt-Anna-Kirche.

Lars sagt:

Ich will dir helfen Jonas.

Lars geht.

Jetzt hat er keine Angst mehr.

Jonas ist ein Geist.

Jonas ist ein netter Geist.

Jonas ist ein trauriger Geist.

Jonas vermisst Elsie.

Lars geht zu seinem Auto.

Da fällt es ihm wieder ein.

Das Auto ist kaputt.

Er schließt die Auto-Tür auf.

Er setzt sich hinter das Steuer.

Lars hört die Stimme von Jonas.

Die Stimme sagt:

Starte den Motor!

Jonas dreht sich um.

Auf der Rück-Bank sitzt niemand.

Lars steckt den Auto-Schlüssel in das Auto-Schloss.

Er dreht den Schlüssel um.

Der Motor springt an.

Lars wundert sich.

Dann denkt er:

Ein Geist kann viele Dinge.

Geister-Dinge.

Einen Motor reparieren.

Und vieles mehr.

Lars fährt los.

Es ist schon spät.

Mitter-Nacht ist lange vorbei.

Lars fährt nach Hause.

Zu Hause geht er gleich ins Bett.

Doch Lars kann nicht schlafen.

Er muss immer an Jonas denken.

Am nächsten Tag fährt Lars zu der Sankt-Anna-Kirche.

Lars erzählt dem Priester von Jonas.

Lars sagt:

Jonas ist in seinem Haus.

Er ist tot.

Im Bett liegt sein Skelett.

Er ist schon lange tot.

Der Priester nickt.

Er sagt:

Du bist zu mir gekommen.

Das ist gut.

Elsie liegt auf dem Friedhof.

Der Priester führt Lars auf den Friedhof.

Vor einem Grab-Stein bleiben sie stehen.

Auf dem Grab-Stein steht:

Elsie Müller.

Der Priester sagt:

Elsie und Jonas waren verheiratet.

Elsie ist vor vielen Jahren gestorben.

Ich will Jonas neben seiner Elsie begraben.

Lars nickt.

Er sagt:

Das ist gut.

Das ist der Wunsch von Jonas.

Zwei Wochen später.

Der Priester hat Jonas begraben.

Lars steht neben dem Priester.

Der Priester spricht über Jonas und Elsie.

Jonas war ein Bäcker.

Elsie war eine Köchin.

Jonas und Elsie waren lange verheiratet.

Das Ehe-Paar hatte keine Kinder.

Zum Schluss beten Lars und der Priester gemeinsam.
Sie beten für Elsie und Jonas.
Dann geht der Priester.
Jonas bleibt am Grab stehen.

Plötzlich!
Lars spürt einen Menschen.
Der Mensch steht hinter ihm.
Ganz nah.
Lars spürt einen Atem in seinem Nacken.
Er dreht sich um.
Lars sieht niemanden.
Er ist alleine auf dem Fried-Hof.

Lars spürt Finger.
Die Finger berühren die Hand von Lars.
Dann hört Lars eine Stimme.
Die Stimme sagt:
Danke!
Es ist die Stimme von Jonas.
Lars denkt:
Jetzt findet der Geist von Jonas Frieden.
Das heißt: Jetzt ist Jonas glücklich.

SILVIA KUSCHELA

Das perfekte Weihnachts-Geschenk

Es war 8:00 Uhr.
Meine Mutter weckte mich.
Sie gab mir einen Kuss.
Liebevoll sagte sie:
„Tobi steh auf. Es hat heute Nacht geschneit."

Ich sprang aus dem Bett.
Und schaute aus dem Fenster.
Überall lag Schnee.
Auf der Wiese.
Auf den Bäumen.
Auf der Straße.
Es war unglaublich schön.

Wir zogen uns an und stürmten in den Garten.
Zuerst machten wir eine Schneeball-Schlacht.
Dann bauten wir gemeinsam einen Schneemann.
Wir hatten viel Spaß.

Als wir fertig waren, legten wir uns auf den Schnee.

Wir schauten in den Himmel.

Es begann wieder zu schneien.

Wir beobachteten die Schneeflocken.

Sie fielen langsam auf uns.

Immer näher kamen sie.

Schließlich waren sie da.

Die Schneeflocken landeten auf unserem Gesicht.

Langsam zerschmolzen sie auf unserer warmen Haut.

Dann flossen sie über unsere Wangen.

Es war einer dieser besonderen Momente.

Ein Moment, den man nie vergisst.

Genau in diesem Moment fasste ich einen Entschluss:

Ich schenke meiner Mutter

etwas ganz Besonderes zu Weihnachten.

****

Während der nächsten Tage überlegte ich,

was ich ihr schenken könnte.

Ich hatte viele Einfälle.

Aber nichts war gut genug.

Ich wollte das perfekte Geschenk.

Ein Geschenk, über das sie sich freut.

Umso mehr ich nachdachte, umso schwieriger wurde es.

Plötzlich wusste ich, was ich ihr schenke.

Das kam so.

Meine Mutter kam mit einer großen Schachtel aus dem Keller.

Die Schachtel war gefüllt mit Christbaum-Schmuck.

Sie holte eine Christbaum-Kugel aus der Schachtel.

Stolz sagte sie:

„Jede dieser Christbaum-Kugeln hat

eine besondere Bedeutung."

Sie zeigte mir einen Schwan.

Er war lila.

Am Kopf hatte er weiße Federn.

„Diesen haben wir gemeinsam gekauft.

Mir hat die Farbe gefallen,

dir haben die Federn gefallen",

erklärte mir meine Mutter lächelnd.

Genau in diesem Moment kam mir die Idee.

Ich werde meiner Mutter eine Christbaum-Kugel schenken.

*****

Es war Samstag, der 23. Dezember.

Morgen war Weihnachten.

Ich hatte alles genau geplant.

Doch alles lief falsch.

Um 10 Uhr 30 wachte ich auf.

Ich hatte verschlafen.

Schnell zog ich mich an.

Zu meinen Eltern sagte ich:

„Ich geh zu Valentin. Wir backen gemeinsam Kekse."

Meine Eltern bemerkten meine Notlüge nicht.

Im Gegenteil.

Sie freuten sich, dass ich mich sinnvoll beschäftige.

Ich hatte fast ein schlechtes Gewissen.

Das Geschäft sperrte um 12 Uhr zu.

Der Bus fuhr um 11 Uhr 35.

Das bedeutete, es geht sich gut aus.

Ich würde rechtzeitig zum Geschäft kommen.

So schnell ich konnte, rannte ich zum Bus.

Ich erwischte ihn gerade noch.

Bei jeder Haltestelle blieb der Bus stehen.

Leute stiegen ein und aus.

Es dauerte ewig.

Immer wieder dachte ich daran,

dass das Geschäft um 12 Uhr zusperrt.

Ich versuchte mich zu beruhigen.

An der nächsten Haltestelle stand eine alte Dame.

Sie hatte Schwierigkeiten einzusteigen.

In jeder Hand trug sie eine Einkaufstasche.

Bereits für die erste Stufe brauchte sie eine Ewigkeit.

Ich überlegte nicht lange.

Ich lief zu ihr und sagte: „Kann ich Ihnen helfen?"

Dankbar nahm sie meine Hilfe an.

Ich nahm ihre Einkaufstaschen und sie stieg ein.

Sie sagte: „Du bist ein sehr aufmerksamer Bub.

Danke für deine Hilfe."

Um 11 Uhr 55 kam ich in Mödling an.

Ich rannte zum Geschäft.

Noch ein paar Schritte.

Endlich war ich dort.

Ich hatte es geschafft.

Ich öffnete die Tür.

Doch sie ging nicht auf.

Die Tür war verschlossen.

Ich geriet in Panik.

Mein Herz schlug wie wild.

Tränen standen in meinen Augen.

Das konnte nicht wahr sein.

Keine Christbaum-Kugel für meine Mutter.

Da sah ich es.

Im Geschäft brannte Licht.

Ich nahm meinen ganzen Mut zusammen.

Vorsichtig klopfte ich an die Tür.

Doch niemand reagierte.

Ich klopfte lauter.

Noch lauter.

So laut, dass ich Angst hatte, die Scheibe könnte zerbrechen.

Doch niemand öffnete die Tür.

Ich war traurig und hilflos.

Ich war wütend und verzweifelt.

Tränen rollten über meine Wangen.

Da hörte ich hinter mir eine Stimme.

„Kann ich dir helfen?"

Ich drehte mich um.

Vor mir stand die alte Dame,

der ich in den Bus geholfen hatte.

Ich erzählte ihr alles.

Noch immer rollten Tränen aus meinen Augen.

Ich merkte es nicht einmal.

Die Dame hörte mir zu.

Als ich fertig war, sagte sie:

„Du hast Glück. Das Geschäft gehört meinem Sohn.

Ich wollte gerade zu ihm."

Sie nahm einen Schlüssel aus ihrer Tasche und sperrte auf.

Ihr Sohn war im Lagerraum.

Deshalb hatte er mich nicht klopfen gehört.

Sie erzählte ihrem Sohn, was passiert war.

Ihr Sohn lachte und sagte:

„Na, da hast du aber Glück gehabt.

Komm mit.

Dort hinten hängen ganz viele Christbaum-Kugeln.

Ich hoffe, die Richtige ist dabei."

Die Christbaum-Kugeln hingen an einem roten Band.

Insgesamt waren es mehr als 50.

Gebannt schaute ich sie mir an.

Da hingen rote, blaue, grüne Christbaum-Kugeln.

Sie hatten verschiedene Muster.

Einige waren aus Holz, andere waren aus Kunststoff.

Dann sah ich sie.

Da hing die perfekte Christbaum-Kugel.

Es war eine Christbaum-Kugel aus Glas.

Im Inneren befand sich eine Schneeflocke.

Die Schneeflocke glitzerte und funkelte wie ein Diamant.

Ich war mir sicher:

Diese Christbaum-Kugel wird meine Mama immer

an unseren Moment im Schnee erinnern.

Voller Freude rief ich: „Ich nehme diese."

Der Verkäufer antwortete: „

Eine sehr gute Wahl. Das ist reine Handarbeit.

Und du hast Glück. Sie kostet nur die Hälfte."

Ich hatte keine Ahnung was Handarbeit bedeutet.

Aber dann sah ich ein Schild an der Christbaum-Kugel hängen.

Auf dem Schild stand:

„Reine Handarbeit.

Das bedeutet:

Menschen haben diese Christbaum-Kugel

mit den Händen hergestellt.

Sie haben keine Maschinen verwendet."

Der Verkäufer packte die Christbaum-Kugel ein.

Er sagte: „Das macht 4 Euro."

Ich freute mich.

Das war viel günstiger, als ich erwartet hatte.

Ich griff in meine Tasche,

um meine Brieftasche herauszuholen.

Zum dritten Mal an diesem Tag geriet ich in Panik.

Das konnte nicht sein.

Ich durchsuchte meine Tasche erneut.

Immer und immer wieder.

Doch es war tatsächlich so.

Meine Brieftasche war nicht da.

Ich hatte sie zu Hause vergessen.

Ich stand da.

Vor mir das perfekte Geschenk.

Doch ich hatte kein Geld, es zu bezahlen.

Mir wurde heiß. Mein Gesicht wurde knallrot.

Die Dame vom Bus kam zu mir.

Sie wusste sofort, was geschehen war.

Behutsam legte sie ihre Hand auf meine Schulter.

Dann sagte sie:

„Kein Problem.

Nimm die Christbaum-Kugel mit.

Das Geld bringst du uns nach Weihnachten."

Ich war so erleichtert.

****

Am nächsten Tag war Weihnachten.

Ich war richtig aufgeregt.

Alle Geschenke lagen unter dem Christbaum.

Auch mein Geschenk für Mama.

Endlich packte Mama mein Geschenk aus.

Sie starrte auf die Christbaum-Kugel.

Eine kleine Träne rollte über ihre Wange.

Ich sah es in ihren Augen.
Auch sie dachte an unseren Moment im Schnee,
als sie die Christbaum-Kugel sah.
Sie umarmte mich und sagte:
„Das ist das schönste Geschenk,
das ich jemals bekommen hab."
Voller Stolz erzählte ich ihr und Papa die ganze Geschichte.

*****

Das alles geschah vor vielen Jahren.
Die Christbaum-Kugel hängt immer noch
auf unserem Weihnachtsbaum.
Wenn wir sie anschauen,
denken wir an unseren Moment im Schnee.

Inzwischen habe ich eigene Kinder.
Und jedes Jahr zu Weihnachten erzählen wir ihnen
diese Geschichte.

ANDREA LAUER

Ein Mann für die Liebe

Ich stapfe durch den Park.
Ich habe die Hände in den Taschen.
Ich habe die Schultern eingezogen.
Morgens ist es nämlich noch kalt.
Dabei ist längst Frühling.

Dem Hund ist das egal.
Er hat gute Laune.
Er rennt bis zur Straße.

„Hund!", rufe ich „Komm her!"
Ich rufe immer: „Hund".
Auf Hund hört er.

Er rennt rechts rum.
Ich renne hinterher.
„Huuuhuund", rufe ich.
Der Hund bellt.
Kurz hinter der Ecke finde ich ihn.

Er bellt einen Baum an.

Ich sehe nach oben.

Na so was! Da ist ein Herz im Baum.

Ein großes rotes Luftballon-Herz.

Es ist mit einem Strick zugebunden.

Ein grüner Strick an einem roten Herz.

Am Strick hängt ein Zettel.

So groß wie eine Postkarte ist der.

Ob dort wohl was draufsteht?

Das will ich wissen.

Ich war schon als kleiner Junge neugierig.

Das wird mit den Jahren immer schlimmer.

Ich suche einen Stock.

Ich ziele.

Ich werfe.

Ich treffe den Ast, an dem er hängt.

Der Herz-Ballon löst sich.

„Jaaaaa", schreie ich.

Ich springe hoch.

Ich greife nach der Schnur.

Der Ballon wackelt hin und her.

Vorsichtig nehme ich den Zettel.
Auf dem Zettel steht:
„Ich suche einen Mann für die Liebe.
Er soll gut küssen. Alles andere ist egal!"

Was für eine tolle Idee.
Das ist mal eine kluge Frau.
Wie sie wohl heißt? Und wie sie wohl aussieht?
Sie hat schließlich vom Küssen geschrieben.
Da wäre es gut zu wissen, wie sie aussieht.

Ich küsse gern.
Am liebsten mag ich runde Frauen.
Die fassen sich so gut an.

Ich stelle mir eine runde Frau vor.
Etwas größer als ich.
Dunkle kurze Haare.
Sie hat Muskeln an den Armen.
Ihre Stimme ist rau.
Kein Wunder, dass diese Frau die Liebe sucht.
Die würde ich wirklich gern kennen lernen.

Ich binde mir den Herz-Ballon an die Jacke.
Ich laufe los und denke nach.
Der Ballon schwebt hinter mir her.

Mein letzter Kuss ist schon lange her.
Dabei küsse ich wirklich gern.
Für mich hat das mit Liebe zu tun.
Und für die Liebe bin ich echt zu haben.

Wie finde ich denn nun diese Frau?
Ich lese den Zettel noch einmal.
Ich drehe ihn um.
Auf der Rückseite steht noch etwas.
Na so was. Warum sehe ich das erst jetzt?
„Ich warte auf der Bank im Blumenweg", steht da.
Blumenweg? Den kenne ich doch!
„Komm Hund! Auf zum Blumenweg", sage ich.

Es gibt nur eine Bank im Blumenweg.
Die Bank ist besetzt.
Sie ist falsch besetzt.
Völlig falsch!
Da sitzt ein Mann auf der Bank!

Er sitzt im Schneidersitz.

Was macht der denn da?

Wartet der etwa auch auf die Frau?

Der schnappt sie mir noch weg,

so gut wie der aussieht.

Er hat einen kurzen Bart.

Seine dunklen Haare hat er zum Zopf gebunden.

Er liest und lächelt dabei.

Er hat ein krass schönes Lächeln.

Der Hund schnüffelt an seinem Knie.

Der Mann kichert. Er nimmt seine Brille ab.

„Wie heißt du denn?", fragt er den Hund.

Als ginge ihn das etwas an!

Der will mir die Frau weg-schnappen.

Und der Hund lässt sich von dem streicheln.

Dann guckt er auch noch süß. Der Hund!

Seinen Namen behält er für sich.

Immerhin.

Der Mann fragt mich: „Wie heißt der Hund?"

„Das muss er Ihnen schon selber sagen", sage ich.

Der Mann sieht mich groß an.

„Kann Ihr Hund denn reden?", fragt er.

„Nein", sage ich. „Hunde reden nur in Trickfilmen."
Ich gehe einfach weiter.
„Hund! Komm!", rufe ich. „Wir müssen los."
Vielleicht ist die Frau ja schon in der Nähe.
Ich will sie zuerst finden.

Ich sehe mich um.
„Was meinst du?", frage ich den Hund.
„Wo ist sie? Die schöne Frau zum Küssen?"
Ich sehe zum Hund. Er ist weg.
Er ist zu der Bank zurück-gerannt.
Er lässt sich von dem Mann streicheln.
Was soll das denn?

„Lassen Sie meinen Hund in Ruhe", sage ich laut.
Sofort nimmt er seine Hand weg.
„Entschuldigung", sagt er leise.
„Komm Hund!", sage ich. „Wir sind verabredet!"
Leise sage ich zum Hund: „Wir müssen die Frau finden."

„Ich sitze schon lange hier", höre ich den Mann sagen.
„Vielleicht habe ich die Frau ja gesehen."

Mir wird heiß im Gesicht.

„Erzählen Sie", sagt der Mann. „Wie sieht sie aus?"

Ich zeige auf den Ballon.

Ich erzähle, woher ich ihn habe.

Erzähle, was auf dem Zettel steht.

„Ich würde so gern mal wieder küssen", sage ich.

„Oh", sagt der Mann.

„Küssen würde ich auch gern mal wieder."

Seine Augen leuchten.

Er lächelt noch schöner als vorhin.

So schön, dass ich bei ihm bleiben muss.

So hat es angefangen.

So sind wir ins Gespräch gekommen.

Ich habe mich zu ihm gesetzt.

Bernhardt heißt er. Ein altmodischer Name.

Er liest gern. Er mag Tiere. Am meisten mag er Katzen.

„Aber Hunde gehen auch", sagt er.

Er lacht ein dunkles, raues Lachen.

Wir reden über die Liebe.

Wir reden über Sehnsucht und Computer-Spiele.

Wir reden über Koch-Rezepte und über Politik.

Als Bernhardt geht, wird es dunkel.

Ich bleibe noch sitzen.

Mir ist warm im Bauch und kribbelig. Fast wie verliebt.

Aber Männer verlieben sich ja nicht in Männer.

Ich weiß nicht mal, wie man einen Mann küsst.

„Aber gut sieht er aus", sage ich zum Hund.

„Und schöne Augen hat er. Und ein gutes Lachen."

Der Hund kommt kuscheln.

Auf dem Heimweg renne ich mit dem Hund.

Ich lächle Menschen an.

Sie lächeln zurück.

Was für ein toller Tag!

Zu Hause ziehe ich die Jacke aus.

Ich setze mich aufs Bett.

Ich lasse mich nach hinten fallen.

Meine Hände lege ich hinter den Kopf.

Ich starre auf den Ballon.

„Bernhardt", denke ich.

Ich sehe sein Gesicht vor mir.

Ich sehe seine dunklen Augen und seinen Bart.

94

Ich sehe seine weichen Lippen.

Und ich sehe sein Lächeln.

In der Nacht träume ich von ihm.

Ich träume, wie wir über eine Wiese rennen.

Der Ballon schwebt über uns.

Ich träume, wie wir uns küssen.

Nur blöd, dass der Hund ständig bellt.

Davon werde ich wach.

Aha!

Der Hund muss dringend pullern.

Ich ziehe die Schuhe an.

Ich schnappe meine Jacke.

Ich flitze raus.

Ich laufe los.

Wie jeden Morgen.

Erst am Blumenweg merke ich, wo ich bin.

Bitte! Lass Bernhardt auch hier sein.

Ich sehe mich um.

Kein Mensch weit und breit zu sehen.

Wenn doch alles so leicht, wie im Traum wäre.

Ich setze mich auf die Bank.

Der Hund legt sich darunter.
Sein Kopf legt er auf meine Schuhe.
Und jetzt?
Warte ich.

Da springt der Hund auf. Er rennt los.
Ich erschrecke total.
Dann sehe ich den Grund für seine Aufregung.
Bernhardt ist plötzlich aufgetaucht.
Einfach so kommt er auf mich zu.
Er lächelt mich an.
Dieses schöne Lächeln nur für mich.
In mir kribbelt es.
Meine Wangen werden rot.
Und dann lächle ich zurück.

Wir sind gar nicht erst Freunde geworden.
Wir sind gleich ein Liebespaar geworden.
Bernhardt und ich.
2 Männer, die sich lieben.
Und ich hab doch gewusst,
wie das mit dem Küssen geht.
Das ging ganz von selbst.

Von wem der Ballon war?
Wir haben es nie rausgefunden.
Aber mit dem Ballon hat alles angefangen.
Wegen ihm habe ich Bernhardt gefunden.

So ein Ballon hat es in sich.
Also schicken wir neue Ballons auf Reisen.
Damit auch andere die Liebe finden.
Immer an unserem Hochzeitstag.
Jedes Jahr einen mehr.

In diesem Jahr sind es 16 Ballons.
Sie haben alle eine grüne Schnur.
An jeder Schnur hängt ein Zettel:
„Ich suche einen Mann für die Liebe.
Er soll gut küssen. Alles andere ist egal!"

ANNA-MARIA LETO

Glücksfeder

Mein Name ist Niko.
Ich lebe allein.
Ich bin gern allein.
Schon als Kind war ich gern allein.
Mir geht es gut.
Meine Wohnung ist groß und schön.
Ich fahre **nicht** gern in den Urlaub.
Ich bleibe lieber zu Hause.

Auf einmal geht es mir **nicht** gut.
Alles ist so wie immer.
Aber mit mir passiert etwas.
Ich habe keine Schmerzen.
Ich habe mir nichts gebrochen.
Ich bin nur noch traurig.
Ich muss ständig weinen.
Ich denke: Ich bin krank.

Traurig sein ist doch keine Krankheit.
Jeder Mensch ist mal traurig.
Auch wenn nichts weh tut.
Die Nachbarn fragen:
Wie geht es dir, Niko?
Ich sage: Schlecht.

Was hast du?
Ich will sagen: Ich bin traurig.
Sage es aber **nicht**.
Die Nachbarn fragen:
Tut dir etwas weh?
Nein, sage ich.
Die Nachbarn sagen:
Dann ist es **nicht** so schlimm.

Aber es ist schlimm.
Es ist ganz schlimm.
Das Essen schmeckt mir nicht.
Ich kann keine Musik mehr hören.
Keine Filme ansehen.
Bücher lesen mag ich auch nicht.

Laufen geht schwer.

Atmen auch.

Alles, was ich gern gemacht habe.

Geht **nicht** mehr.

Irgendwann gehe ich zum Arzt.

Ich gehe zu meinem Hausarzt.

Er schickt mich zum Psychiater.

Das ist ein Facharzt.

Er kennt sich aus mit traurigen Menschen.

Der Psychiater sagt zu mir:

Sie sind krank.

Sie haben eine Depression.

Ich muss zur Therapie.

Ich will nicht zur Therapie.

Aber ich will gesund werden.

Also gehe ich zu einer Gesprächstherapie.

Zuerst Einzeltherapie.

Dann zu einer Gruppentherapie.

Jeden Mittwoch.

In der Gruppe sind wir 8.

6 Frauen, 1 anderer Mann und ich.

Ich bin nicht allein.

Da sind andere Menschen.

Sie haben auch eine Depression.

Sie alle wollen wieder gesund werden.

Ich will auch gesund werden.

Nach langer Zeit geht es mir besser.

Ich gehe wieder zur Arbeit.

Es ist früh am Morgen.

In der U-Bahn sind wenige Menschen.

Ich fahre nicht lange.

10 Minuten.

Dann laufe ich zum Büro-Gebäude.

Und fahre mit dem Fahrstuhl nach oben.

Im 10. Stock steige ich aus.

Ich gehe über den langen Flur.

Die Türen von den Büros sind zu.

Es ist kein Kollege da.

Und keine Kollegin.

Vor meinem Büro bleibe ich stehen.

Dann öffne ich die Tür.
Es riecht muffig.
Schlechte Luft.
Ich war lange weg.
Jetzt bin ich wieder da.
In meinem Büro.

Ich lege meine Aktentasche auf den Tisch.
Und öffne beide Fenster.
Die Sonne geht auf.
Der Himmel ist rosa.
Ich mag den Ausblick.
Die Stadt ist jetzt wach.
Viele Menschen fahren zur Arbeit.

Ich setze mich an meinen Schreibtisch.
Ich schalte den Computer ein.
Der Computer ist alt und langsam.
Es dauert, bis er an ist.
Ich stehe auf und gehe zum Schrank.
Hole die Kaffeemaschine aus dem Schrank.

Ich habe eine Packung Kaffee mitgebracht.

Ich mache sie auf.

Der Kaffee duftet wunderbar.

Eine Flasche Wasser habe ich auch mitgebracht.

Ich will mir erst Kaffee kochen.

Das Wasser brauche ich für den Kaffee.

Ein kleiner Wasserrest bleibt in der Flasche.

Mit dem Wasser gieße ich die Pflanze.

Die Pflanze haben mir Kollegen geschenkt.

Zu meinem 50. Geburtstag.

1 Tag vor dem Urlaub.

Ich weiß **nicht**, wie die Pflanze heißt.

Die Pflanze sieht gut aus.

Sie ist nicht vertrocknet.

Jemand hat sie gegossen, als ich weg war.

Neben dem Topf mit der Pflanze ist etwas.

Sieht aus wie ein Schatten auf dem Fensterbrett.

Ich gehe näher ran und schaue genau hin.

Da liegt sie.

Eine tote Wespe.

Sie ist ganz blass.

Ihr Körper ist vertrocknet.

Ihre Beine sind krumm.

Und nach innen gedreht.

Jetzt erinnere ich mich:

Ich habe damals Kuchen vom Bäcker mitgebracht.

Viele verschiedene Sorten.

Manche Kollegen haben sich ein Stück Kuchen geholt.

Und sind gleich gegangen.

Ein Kollege und eine Kollegin sind geblieben.

Sie haben mit mir in meinem Büro Kuchen gegessen.

Und Kaffee getrunken.

Erst danach sind sie gegangen.

Ich habe Fenster aufgemacht.

Eine Wespe ist von draußen ins Büro geflogen.

Und gleich weiter zum Kuchen.

Dann ist sie im Büro herum geflogen.

Und gesummt hat sie.

Ihr Summen hat mich nervös gemacht.

Ich habe den Kuchen eingepackt.
Und in die Teeküche gebracht.
Für die anderen Kollegen.
Und wenn jemand noch ein Stück essen will.

Die tote Wespe stört mich jetzt.
Ich will sie nicht anfassen.
Ich denke nach:
Was mache ich mit der Wespe?
Ich nehme ein Taschentuch aus meiner Jackentasche.
Mit dem Taschentuch fasse ich sie an.
Wohin mit der Wespe?
In den Papierkorb will ich sie **nicht** werfen.
Mein Fenster steht offen.
Ich werfe sie aus dem Fenster.
Ich atme auf.
Ich bin erleichtert.

Meine Kaffeemaschine ist leise.
Der Kaffee ist bestimmt schon durchgelaufen.
Ich höre Schritte und Stimmen aus dem Flur.
Schaue auf die Uhr. Es ist 9 Uhr.

Die Kollegen kommen zur Arbeit.

Gehen zu ihren Büros.

Manche öffnen und schließen die Türen leise.

Manche laut.

Und manche knallen die Türen zu.

So sind die Menschen.

Jeder ist anders.

Ich nehme einen Kaffeebecher aus dem Schrank.

Gieße mir Kaffee ein.

Der Kaffee kühlt langsam ab.

Ich will zuerst die Post lesen.

Ich habe viele Briefe und Emails bekommen.

Als ich weg war.

Es klopft an meiner Tür.

Herein, sage ich.

Eine Kollegin kommt herein.

Sie heißt Marion.

Sie sagt:

Schön, dass du wieder da bist.

Das klingt so gut:

Schön, dass du wieder da bist.

Das hat so lange niemand zu mir gesagt.

Ich sage zu Marion:

Nimm doch bitte Platz.

Möchtest du einen Kaffee?

Marion setzt sich hin.

Ich gieße ihr eine Tasse Kaffee ein.

Sie sagt:

Geht es dir wieder gut?

Ich habe deine Glücksfeder gegossen.

Vielen Dank, sage ich.

Jetzt weiß ich, wie die Pflanze heißt.

Glücksfeder.

So ein schöner Name für eine Pflanze.

Marion und ich reden ein wenig.

Über ihren Urlaub.

Über ihre Arbeit.

Über meine Arbeit.

Und über das Wetter.

Und wir trinken Kaffee zusammen.

Es ist schön,

mit Marion zu reden und Kaffee zu trinken.

Dann geht Marion zurück in ihr Büro.

Und an ihre Arbeit.

Und ich an meine Arbeit.

Ich lese meine Post und sortiere sie.

Wichtig.

Nicht wichtig.

Kann weg.

Dann ist auch meine Arbeitszeit zu Ende.

Ich habe den ersten Arbeitstag geschafft.

Feierabend.

Ich gehe an Marions Tür vorbei.

Ich will an ihrer Tür klopfen.

Ich mache es nicht.

Morgen vielleicht.

Ich gehe nach Hause.

Ein neuer Tag.

Ich fahre wieder zur Arbeit.

Ich bin in meinem Büro.

Schalte den Computer ein.

Ich arbeite.

Dann denke ich an Marion.

Und schaue zu meiner Pflanze.

Ihr Name ist Glücksfeder.

Und ich denke an die tote Wespe.

Es gibt schönere Orte zum Sterben.

Als allein in meinem Büro.

Am besten, ich mache eine Pause.

Ich stehe auf und gehe raus aus dem Büro.

Gehe durch den Flur.

Klopfe leise an eine Tür.

Und höre:

Ja, bitte.

Ich mache die Tür auf.

Marion lächelt.

Ich sage:

Hast du Zeit für eine Pause?

Sie sagt:

Habe ich.

Wir fahren mit dem Fahrstuhl hinunter.

10 Stockwerke.

Im Fahrstuhl fragt Marion:
Was machst du am Sonntag?
Ich sage:
Keine Ahnung. Gar nichts.
Und Marion sagt:
Willst du mit mir zum See fahren?
Ich sage schnell:
Ich will.

Wir sind unten.
Die Tür vom Fahrstuhl geht auf.
Marion und ich steigen aus.
Und gehen aus dem Gebäude.
Es ist ein schöner warmer Tag.
Die Sonne scheint.

Bärenbrüder

„Flieg, Mara, flieg!", flüsterst du.

In deinen Armen kann ich fliegen.

Wir liegen im Bett.

Das Fenster offen.

Auf unserer Haut nur ein dünnes Laken.

Unser Atem ist noch schwer.

Wir atmen tief, wenn wir uns lieben.

Ich ringe nach Luft,

wenn Du mit mir schläfst.

Wenn Du mich hältst.

Fest und sicher.

Wenn ich unter dir bin.

Dein Gewicht auf mir.

Schwer und gut.

Wir liegen im Bett.

Das Fenster weit offen.

Deine Augen geschlossen.

Ich betrachte dich.

Nachdem wir uns geliebt haben.

Du schläfst, und ich schaue.

Ich kenne alles an dir.

Und muss dich doch ansehen.

Ich bekomme nicht genug von dir.

Ich will nicht schlafen.

Keine Zeit verschwenden.

Wir haben so wenig Zeit.

Immer zu wenig.

„Was ist mit dir?", fragst du mich

„Ach, nichts", sage ich

Doch du willst es wissen.

„Die Zeit", sage ich,

„Sie ist wenig.

Und sie ist schnell.

Warum haben wir so wenig Zeit?"

Du drehst dich auf den Rücken.

Du nimmst eine Zigarette vom Nachttisch.

Zündest sie an.

Der Rauch schwebt über uns.

Du gibst die Zigarette mir.
Ich nehme einen Zug.
Dabei will ich doch aufhören.
Es tut gut.
Ich mag den kleinen Schwindel,
wenn ich rauche.
Es passt zu meinen Gedanken.
Die haben auch Schwindel.

Du und ich.
Da war kein Gedanke.
Ich habe dich gesehen,
und da war nur Wollen.
So liest man es in Büchern.
So sieht man es in Filmen.
Liebe auf den ersten Blick.
Weiche Knie und Herzgeflimmer.
Nie passiert.
Nie passiert.
Und dann so.
Und dann der.
Du.

Als Henrik und ich geheiratet haben,

haben wir alle eingeladen.

Dich nicht.

„Mein Bruder lebt in Kanada.

Da soll er auch bleiben.

Ich will ihn nicht mehr sehen."

Das hatte Henrik mir gesagt.

Auch von dem großen Streit erzählt.

Wegen viel Geld und einer Menge Drogen.

Und dass du abgehauen bist.

Und Henrik alles wieder in Ordnung gebracht hat.

Weil Henrik ein ordentlicher Mensch ist.

Henrik weiß, was sich gehört.

Henrik ist ehrlich.

Auf Henrik kann man sich verlassen.

Das habe ich an Henrik geliebt.

Es war eine leise Liebe.

Ich liebe Henrik.

Das habe ich gedacht.

Und geglaubt: Das ist wahr und ehrlich.

Henrik und ich haben also geheiratet.

Wir haben Elisa bekommen.

Mein Leben war gut.

Henrik war ein guter Mann für mich.

Ein guter Vater für Elisa.

Ich war eine gute Frau.

Eine gute Mutter.

Alles war gut und in Ordnung.

Doch dann ist Oma Irmi gestorben.

Die Mutter von Henrik und Dir.

Und wenn das passiert,

wenn jemand stirbt:

Dann kommen die Söhne zurück.

Auch aus Kanada.

Henrik hatte dir geschrieben.

„Mutter ist tot."

„Ich komme", hattest du zurück geschrieben.

Henrik war böse.

„Jetzt will er kommen.

Wo alles zu spät ist.

Von mir aus soll er in Kanada bleiben!"

„Aber er ist dein Bruder", habe ich gesagt,

„Vielleicht gibt es Versöhnung.

Einen neuen Anfang."

Und Elisa war neugierig.
Ein Onkel von weit weg.
Ein Onkel aus Kanada.
„Da gibt es sogar Bären!", hat Elisa gesagt,
„Und viele Bäume."

Und dann bist du tatsächlich gekommen.
Zu spät zur Beerdigung.
Wir waren alle schon auf dem Friedhof.
Es war kalter Winter und die Luft sehr klar.
Der Sarg wurde nach unten gesenkt.
Ich habe woanders hingesehen.
Und da bist du den Weg entlang gekommen.

Ich habe dich gesehen.
Und du mich.
Es war der schlechteste Zeitpunkt.
Elisa hat geweint.
Henrik hat geweint.
Ich habe geweint.
Und mein Herz, das war so offen.
Du bist zum Grab gekommen

Du hast nicht Henrik angesehen.
Du hast niemanden angesehen.
Nur mich.
Alles wurde still um mich.
Ich konnte nichts mehr hören.
Elisa hat an meiner Hand gezogen.
Ich habe sie nicht auf den Arm genommen.
Ich habe nur dagestanden.
Und dich angesehen.

Ganz ehrlich?
Ich habe es da schon gewusst.
Ich wollte es nicht wissen.
Das kann nicht sein.
Das darf nicht sein.
Das soll keinesfalls geschehen.
Aber ich habe gewusst:
Das hier passiert jetzt.
Und ich kann nichts dagegen machen.
Ich kann es gut finden.
Ich kann es schlecht finden.

Aber das hier ist größer als ich selber.

Das ist Liebe.

Liebe fragt nicht.

Liebe ist.

Ich weiß von der Beerdigung kaum noch was.

Wir sind danach alle ins Café gegangen.

Du hast Henrik die Hand gegeben.

Und er hat sie genommen.

„Ich bleibe jetzt hier", hast du gesagt

Und auch: „Es tut mir leid."

Elisa hat dich gefragt:

„Bist du der Onkel aus dem Bärenwald?"

Und du hast gebrummt wie ein Bär.

Da ist sie auf dich rauf geklettert.

Obwohl sie dich gar nicht gekannt hat.

Obwohl sie so traurig war.

Du kannst alles gut machen.

Das habe ich gedacht.

Dein Bärenbrummen, das ist geblieben.

Ich höre es bei der Liebe mit dir.

Ein leises Brummen, zufrieden und satt.

Und ich liebe es.

Ich liebe es und liebe es und liebe es

und liebe dich.

Elisa liebt dich.

Und Henrik liebt dich auch wieder.

Bärenbrüder seid ihr wieder.

Es ist Liebe überall.

Nur ich: Darf dich nicht lieben.

Und du: Darfst mich nicht lieben.

So lieben wir uns heimlich.

Das erste Mal eine Woche nach der Beerdigung.

Ich habe dir Sachen gebracht.

Zu dir ins Hotel.

Bitte, das muss man uns glauben.

Wir haben uns bemüht.

Wir haben es 2 oder 3 Sätze geschafft.

„Hallo, hier sind die Sachen."

„Danke fürs Bringen."

Das war es auch schon.

Kein Wort mehr.

Wir waren nackt.

Schon bevor wir uns ausgezogen haben.

In Deinen Augen habe ich gesehen:

einen Wald und Bären und einen Felsen in der Sonne.

Was du in meinen Augen gesehen hast?

Das weiß ich nicht.

Etwas Schönes.

Denn du hast gelächelt.

Und dein Lächeln hat mich weich gemacht.

Weich und offen und zart.

Wer hat angefangen?

Und war es ein Kuss?

Oder war es deine Hand auf meiner Hüfte?

Oder war es mein Schritt zu dir?

Es war wie in einem Traum.

Wo man Dinge tut,

die man sich sonst nie traut.

Sich das Kleid ausziehen, zum Beispiel.

Vor einem den man nicht kennt.

Einen küssen zum Beispiel.

Den man nicht küssen darf.

Unter jemand liegen auf einem Bett in einem Hotel.

Wo man doch ein Bett zu Hause hat mit jemand anderem.

Und nie wieder will man anderswo sein.

Als genau da.

Genau so.

Mit genau dem.

Im Traum kann man fliegen.

Und in der Liebe auch.

Und es ist gut,

wenn es ein Mann ist aus dem Bärenwald.

Der kann eine Frau auffangen.

Wenn sie fliegt,

und wenn sie fällt.

Liebe ist fliegen und wissen:

Du kannst fallen.

Aber du hast keine Angst.

Danach bin ich zurück gefahren.

Zu Henrik und Elisa.

Ich habe Abendbrot gemacht.

Ich habe Elisa geküsst.

Ich habe mich mit Henrik unterhalten.

Aber ich habe gewusst:

Ich bin nicht ganz hier.

Ein Teil von mir ist jetzt im Bärenwald.

Und bleibt für immer da.

Und ich kann gar nichts tun dagegen.

Ich bin jetzt eine Frau mit 2 Leben.

Einem hier und einem dort.

Und nie, nie, nie darf das herauskommen.

Denn ich habe versprochen,

dass ich Henrik immer liebe.

Und Elisa ist noch so klein.

Ich habe es versucht.

Wirklich versucht.

Aber ein Vogel vergisst das Fliegen nicht.

Und ein Bär wird immer wieder hungrig.

„Flieg, Mara, flieg…", flüsterst du.

Und ich fliege.

Nah bei dir und ganz weit weg.

Wir liegen auf dem Bett.

Es ist jetzt Sommer und sehr heiß.

Nur ein Laken über uns.

Durchs Fenster kommt Straßenlärm.

Es ist alles falsch und alles richtig.

Die Zeit ist zu schnell und immer zu wenig.

Der Zigarettenrauch schwebt über uns.

Wie eine Wolke.

Ich sehe Wolkenbilder im Zigarettenrauch.

„Da ist ein Bär!", sage ich zu dir.

„Ein fliegender Bär."

Und du lächelst mit geschlossenen Augen.

A N A P A W L I K

Wilde Vögel

Julia

Julia steht am Fenster.

Und ich sehe zu ihr hin.

Ich kann nur die Augen von Julia sehen.

Denn über dem Mund und der Nase

trägt sie eine Maske.

Wir alle müssen jetzt eine Maske tragen.

Jeden Tag.

Wegen Corona.

Das nervt.

Aber ich weiß: Das ist wichtig.

Denn ohne die Maske

stecken wir uns alle mit der Krankheit an.

Wegen der Maske

kann ich nur das halbe Gesicht von Julia sehen.

Trotzdem weiß ich:

Julia ist schön.

Ich muss immer wieder zu ihr hinschauen.

So schön ist sie.

Julia ist meine Kollegin bei der Arbeit.

Sie ist noch neu hier.

Seit 2 Monaten arbeitet sie

in meiner Gruppe.

Jeden Tag stellt sich Julia an das Fenster

und sieht nach draußen.

Sie beobachtet etwas.

Ich weiß nicht, was.

Aber ich bin neugierig

Und ich möchte es gerne wissen.

Seit mehreren Tagen will ich sie fragen:

„Was beobachtest du?"

Aber ich trau mich nicht.

Mutig

Heute bin ich mutig.

Ich stehe von meinem Sessel auf.

Und ich gehe zu Julia ans Fenster.

Ich bin nervös.

Ich schwitze an den Händen.

Mein Mund fühlt sich trocken an.

„Hallo",

sage ich zu Julia.

Mein Herz pocht dabei ganz wild.

„Hallo Jan",

sagt Julia.

Sie sieht mich an und lächelt.

Ich bin erleichtert.

Wenn Julia mich anlächelt,

dann bedeutet das vielleicht:

Sie mag mich.

Das wäre schön.

„Du stehst jeden Tag hier am Fenster.

Und du schaust nach draußen?",

sage ich zu Julia.

„Was ist denn da draußen so interessant?"

Julia zeigt mit dem Finger zum Himmel.

„Siehst du das?",

fragt sie.

Ich schaue hinaus.

Dort sind nur Vögel am Himmel.

Ich bin enttäuscht.

Vögel finde ich langweilig.

„Das sind Zugvögel",

sagt Julia.

Sie klingt begeistert.

Und ihr Gesicht strahlt vor Freude.

„Wilde Vögel.

Schau nur, wie sie durch die Luft fliegen.

Gemeinsam.

Als ein riesiger Schwarm.

Schau sie dir an.

Sie machen Kunststücke am Himmel.

Wie ein Zauberer,

der einen Trick aufführt."

Ich schaue zu den Vögeln.

Und es stimmt.

Sie fliegen in einem großen Schwarm nach oben.

Und wieder nach unten.

Dann teilt sich der Schwarm.

Die Vögel fliegen auseinander

und wieder zusammen.

Vielleicht hat Julia recht.

Vielleicht sind Vögel gar nicht so langweilig.

„Morgen fliegen sie weiter",

erklärt mir Julia.

„Sie fliegen in den Süden.

Nach Spanien.

Oder sogar noch weiter nach Afrika.

Im Frühling kommen sie wieder zurück.

Zugvögel sehen jeden Tag

ein Stück mehr von der Welt.

Ihnen wird es nicht langweilig.

Sie sind frei und wild."

Wie ein Zugvogel

„Ich bin auch ein Zugvogel", sagt Julia.

Ich sehe Julia an.

Wie meint sie das?

„Ich reise auch durch die Welt.

Jetzt nicht mehr.

Aber früher.

Als ich ein Kind war,

da bin ich mit meinen Eltern

durch die halbe Welt gereist.

Meine Eltern hatten einen Wohnwagen.

Mit dem sind wir

von einem Land zum anderen gereist.

Wir haben keine Wohnung gehabt.

Der Wohnwagen war unser Zuhause.

Hat es uns an einem Platz gefallen?

Dann sind wir geblieben.

Hat es uns nicht mehr gefallen?

Dann sind wir weitergezogen.

Im Sommer waren wir meistens im Norden.

In Schweden und Finnland.

Weil es dort nicht so heiß ist.
Dort haben wir unseren Wohnwagen
an einen See gestellt.
Im See haben wir Fische geangelt.
Und die Fische haben wir
über dem Lagerfeuer gegrillt.

Dann haben meine Eltern
Gitarre gespielt und gesungen.
Bis spät in die Nacht.
Im Herbst sind wir in den Süden gezogen.
Zuerst nach Frankreich in die Berge.
Dann nach Spanien ans Meer.
Weil es dort auch im Winter warm ist.
Wir haben es gemacht wie die Zugvögel."

Ich schaue Julia an und staune.
Julia ist voller Geheimnisse.

Gefangen im Käfig
„Aber jetzt bist du hier",
sage ich.
„Jetzt reist du nicht mehr."

„Ja. Jetzt reise ich nicht mehr",
sagt Julia.
„Warum?",
frage ich.

„Als ich 6 Jahr alt war,
da musste ich zur Schule gehen.
Deshalb sind meine Eltern mit mir
nach Österreich gezogen.
In eine Wohnung.
Dann sind wir nur noch in den Ferien gereist.
Und jetzt reisen wir gar nicht mehr.
Wegen Corona."

Julia sieht aus dem Fenster.
„Eigentlich bin ich ein Zugvogel.
Aber im Moment fühle ich mich
wie ein Vogel im Käfig.
Gefangen.
Das macht mich traurig.
Doch wenn ich die Zugvögel beobachte,
dann denke ich an die vielen Reisen.

Ich fange an zu träumen.

Und dann geht es mir wieder besser."

Ich lächle Julia an.

Denn ich verstehe sie gut.

Verliebt

Nach meiner Arbeit gehe ich nach Hause.

Ich denke an Julia und die Zugvögel.

Und ich fange an zu lächeln.

Es war schön,

mit Julia über die Vögel zu reden.

Ich glaube:

Ich habe mich in Julia verliebt.

Aber geht das überhaupt?

Wegen Corona müssen wir doch alle

Abstand halten.

Kann man sich denn da verlieben?

Videos schauen

Zu Hause setze ich mich an den Computer.

Ich schaue mir Videos über Zugvögel an.

Ein Video nach dem anderen.

Denn ich möchte mehr über Zugvögel wissen.

Damit ich mit Julia darüber reden kann.
Am nächsten Tag
erzähle ich Julia von den Videos.
Ich erzähle ihr,
was ich über Zugvögel gelernt habe.
Und ich glaube:
Julia freut sich darüber.

Wir reden und reden.
Den ganzen Vormittag.
Julia lächelt mich immer wieder an.
Mag sie mich etwa?

Wilde Vögel fliegen
Auf einmal sagt Julia zu mir:
„Komm, wir gehen nach draußen."
„Aber das geht nicht",
sage ich.
„Wir müssen doch arbeiten.
Wenn wir nicht arbeiten,
dann schimpft unsere Chefin."

„Wir gehen heimlich",
flüstert Julia.
„Wir sind wie die wilden Vögel.
Wir gehen einfach."
Sie nimmt mich an der Hand.
Und sie zieht mich aus dem Zimmer.

Mein Herz klopft aufgeregt.
Wir schleichen leise
vorbei an der Chefin.
Vorbei an den Kolleginnen und Kollegen.
Wir huschen nach draußen.
niemand hat uns gesehen.

Auf der Wiese

Wir reißen uns die Masken vom Gesicht.
Denn hier draußen brauchen wir sie nicht.
Draußen kann man sich nicht so leicht anstecken.
Wir lachen.
Laut und vergnügt.
„Wohin gehen wir?",
frage ich.

„Da drüben ist eine Wiese am Fluss-Ufer.
Da können wir die Vögel beobachten",
sagt Julia.
Sie hält noch immer meine Hand.
Warm und weich
fühlt sie sich an.
Ich möchte die Hand von Julia
nie wieder loslassen.

Doch dann nimmt Julia
ihre Hand wieder zu sich.
Sie breitet ihre Arme aus
und schließt die Augen.
Dann streckt sie ihren Kopf in die Höhe.
Julia sieht aus wie ein Vogel.
Wie ein wilder Vogel am Himmel.
Frei und glücklich.

Wir fliegen
Ich mache es wie Julia.
Auch ich schließe meine Augen
und strecke meine Arme aus.

Ich stelle mir vor:
Ich fliege davon.
Gemeinsam mit Julia.

Der Wind saust durch unsere Haare.
Er reißt an unserer Kleidung.
Er wirbelt uns durch die Luft.
Dann spüre ich die Lippen von Julia
auf meinen Lippen.
Ich öffne die Augen.
Julia steht vor mir.
Ihr Gesicht ist nah an meinem.
Ihr Atem legt sich warm auf meine Wange.
Glücklich schlinge ich die Arme um ihre Hüfte.

Jetzt weiß ich:
Ich möchte auch ein Zugvogel sein.
Wenn Corona vorbei ist,
dann möchte ich reisen.
Gemeinsam mit Julia.
Durch die ganze Welt.

CLAUDIA SCHÄFER

Der Weg ins Tal

„Katharina!!!"
Meine Mutter ruft mich.
„Katharina!!!"
Ich kann sie hören.
Obwohl ich meine Kopf-Hörer auf den Ohren habe.
Meine Mutter ist lauter als meine Musik.
„Ich bin der Verlierer. Ich bin der Verlierer," singt LUNA.

Ich fühle mich auch manchmal wie ein Verlierer.
Hier oben auf unserem Berg-Hof.
Hier oben in den Bergen.
Hier oben mit meiner Familie.
Mit Mama und Papa.
Und Bruno, unserem Hund.
Und niemandem sonst in der Nähe.

Im Sommer kommen manchmal Wanderer
auf unseren Berg-Hof.
Wir verkaufen ihnen ein Käse-Brot.
Oder ein Speck-Brot.
Und dazu eine Limonade.
Manche Wanderer trinken auch
ein Glas frische Milch von unseren Kühen.

„Katharina!!!
Kannst Du mir mal antworten? Bitte?"
Mamas Stimme wird lauter.
Ich muss ihr eine Antwort geben.
Sonst gibt es Ärger!
„Was ist denn?" rufe ich zurück.
„Wir haben keine Hefe mehr", sagt meine Mutter.
Sie ist in mein Zimmer gekommen.
„Na und?", sage ich.
(„Das ist mir doch egal!", denke ich)
„Heute ist Donnerstag.
Am Wochenende soll die Sonne scheinen.
Viele Wanderer kommen auf den Berg.
Und ich muss Brot backen.
Und jetzt habe ich keine Hefe mehr."

„Ich habe auch keine Hefe", sage ich.

(Aber ich weiß schon, was jetzt kommt...)

„Katharina!" Meine Mutter hört sich streng an.

„Bitte tu mir einen Gefallen:

Geh runter ins Dorf und hole mir 3 Hefe-Würfel."

„Spinnst du?", brülle ich.

Ich bin sauer!

So habe ich mir den Nachmittag nicht vorgestellt!

Der Weg runter ins Dorf dauert 1 Stunde!

Dann noch in den Laden und wieder zurück!

Und ich wollte einfach nur chillen!

Chillen und Musik hören.

„Katharina! Du gehst ins Dorf und besorgst die Hefe.

JETZT!"

„Verdammt nochmal!", brülle ich.

„Ich hab keinen Bock mehr auf diesen Berg-Hof!

Ich will in der Stadt wohnen!

Ich ziehe aus!"

„Ja, ja. Zieh Du ruhig aus.

Aber erst, wenn Du 18 Jahre alt bist.

Das dauert noch 2 Jahre.

Und jetzt holst du mir bitte die Hefe!"

Meine Mutter!

Ihre Stimme!

Ich weiß, wann sie es ernst meint!

Ich stehe vom Bett auf.

Gegen meine Mutter verliere ich.

Ich bin ein Verlierer.

Wie LUNA schon singt.

Ich habe schlechte Laune.

Ich habe sehr schlechte Laune.

„Gib mir Geld für die scheiß Hefe!", maule ich.

„KATHARINA! Du sollst keine schlechten Wörter sagen!",
sagt meine Mutter.

Und sie gibt mir 10 Euro.

„Du kannst dir im Dorf auch etwas kaufen", sagt sie.

Ich sage nichts.

Ich ziehe meine dicke Winter-Jacke an.

Und meine Schnee-Schuhe.

Es ist Februar und gestern hat es noch geschneit.

Bei uns auf dem Berg liegt viel Schnee.

„Katharina, bitte sei vorsichtig und bleib auf der Straße.

Gehe nicht den Weg durch den Wald!

Hast du gehört?

Das ist zu gefährlich bei diesem vielen Schnee."

Ich sage nichts.

Und gehe los.

Natürlich gehe ich die Abkürzung durch den Wald!

Das ist viel kürzer als über die Straße.

Und ich will ja auch bald wieder in meinem Zimmer sitzen.

Und chillen.

Und überhaupt:

Es gibt oben auf dem Berg gar keine Straße!

Es gibt nur einen Weg!

Eine Straße hat einen Mittel-Streifen.

Und einen Geh-Weg an der Seite.

Oder einen Rad-Weg.

Unsere Straße hat nur kleine Steinchen.

Und der Weg durch den Wald ist kürzer.

Ich bin in einer halben Stunde im Dorf unten.

Bald liegt unser Hof hinter uns.

Der Wald beginnt.

Meine Mutter kann mich nicht mehr sehen.

Ich biege in den Wald ab.

Es liegt viel Schnee, und ich rutsche oft aus.

Das tut aber nicht weh, denn der Schnee ist weich.

Nach 10 Minuten höre ich etwas.

Ich bleibe stehen.

Äste knacken.

Ein Reh springt auf mich zu.

Was ist das denn?

Rehe springen nicht auf Menschen zu.

Rehe rennen vor Menschen weg!

Auf der anderen Seite rennen 2 Hasen aus dem Wald.

Ich verstehe das nicht.

Was ist denn mit den Tieren los?

Ich stehe ganz still und höre in den Wald.

Mir ist ein wenig unheimlich!

Ich habe schon oft Rehe gesehen.

Und Hasen natürlich auch.

Aber das sind scheue Tiere.

Sie haben Angst vor den Menschen!

Und dieses Reh und die beiden Hasen sind

fast auf mich drauf gelaufen!

Und was ist das für ein Geräusch?

Zuerst rauscht es.

Ganz laut wie Wasser in einem Wasserfall.

Ich höre einen Vogel piepsen.

Er piepst ganz laut.

Ich glaube, er hat Angst.

Nach dem Rauschen kommt das Donnern.

Es donnert wie bei einem schlimmen Gewitter.

Aber es gibt keine Blitze.

Es ist kein Gewitter.

Was ist das nur?

Nun bekomme ich auch Angst!

Das Donnern wird immer lauter.

Immer lauter und lauter.

Und es kommt immer näher.

Den Vogel höre ich nicht mehr.

Ich bekomme Panik.

Was soll ich nur machen?

Der Weg ins Dorf ist noch weit.

Und nach Hause ist es auch noch weit.

Ich bin genau in der Mitte vom Weg.
Das Donnern ist jetzt ganz nahe.
Und unheimlich laut.

Es ist eine Schnee-Lawine!
Der viele Schnee auf dem Berg hat sich durch die Sonne gelöst.
Und donnert jetzt als eine Schnee-Lawine ins Tal.
Und ich bin mitten drin!
Eine Lawine ist sehr gefährlich.
Sie ist sogar lebens-gefährlich!
Mir bleibt nicht viel Zeit.
Ich gehe auf meine Knie.
Und mache mich ganz klein.
Ich nehme den Kopf nach unten.
Meine Hände halte ich vor meinen Mund und meine Nase.
So hat es mir mein Vater gezeigt.

„Du musst etwas Platz vor deinem Mund lassen.
Damit du noch Luft bekommst.
Sonst musst du ersticken."
So hat es mir mein Vater erklärt.
Die Schnee-Lawine ist jetzt über mir.
Überall ist Schnee.

Wo ist oben?

Wo ist unten?

Ich weiß es nicht mehr.

Mein Herz schlägt wie wild.

Ich habe Angst.

Ich habe Todes-Angst!

Es wird still um mich.

Ich sehe nichts.

Überall ist Schnee.

Ich muss ruhig bleiben!

Ich habe wenig Luft zum Atmen.

Mit den Fingern grabe ich vor meinem Mund im Schnee.

Ich denke nach:

Was hat mein Vater mir gesagt?

„Wenn du unter eine Schnee-Lawine kommst,

musst du ruhig bleiben.

Die Männer der Berg-Rettung wissen,

wenn eine Schnee-Lawine runtergekommen ist.

Und sie gehen sofort los.

Sie haben lange Stöcke dabei.

Diese stecken sie in den Schnee.

Und sie haben Lawinen-Hunde dabei.

Ein Hund kann viel besser riechen als ein Mensch.

Ein Lawinen-Hund riecht,

wenn ein Mensch unter dem Schnee begraben ist.

Der Lawinen-Hund gräbt an der Stelle mit seinen Pfoten.

Und die Lawinen-Retter helfen ihm und können dich so finden."

Erst vor kurzem hat mein Vater mir das erzählt.

Wir saßen gemütlich auf dem dicken Teppich

vor dem Holz-Ofen.

Und wir tranken eine Tasse heißen Tee.

Und nun bin ich unter einer Schnee-Lawine.

Mir ist kalt.

Ich spüre meine Finger nicht mehr.

Ich bekomme kaum noch Luft.

Ich kann mich nicht bewegen.

Ich bin müde.

Ich will schlafen.

Aber ich darf nicht einschlafen!

Wenn ich einschlafe,

muss ich sterben unter dem Schnee!

Wieder versuche ich mich zu bewegen.

Aber es tut alles so weh.

Und es ist so dunkel und so kalt!

Etwas kratzt an meinem Kopf.

Was ist das?

Aua!

Etwas reißt mir an den Haaren!

Ich sehe ein Licht.

Und eine Pfote.

Eine Hunde-Pfote.

Die Pfote macht mir mit den Krallen

einen langen Kratzer ins Gesicht.

Das Blut aus dem Kratzer läuft mir über die Wange.

Ich muss husten.

„Wir haben sie", sagt eine Männer-Stimme.

„Sie lebt", sagt eine andere.

„Ich habe dir doch gesagt:

Bleib auf der Straße". Sagt meine Mutter.

Noch nie habe ich mich so

über die Stimme meiner Mutter gefreut wie jetzt!

L E A   S C H R E Y E R

Papagei Tum hat Mut

<u>Dies ist die Geschichte</u>
<u>über einen Papagei</u>

Der Papagei heißt Tum.
Tum lebt mit seinen
Eltern im Zoo.
Die Eltern sind bunt.

Aber Tum ist anders.
Tum ist **nicht** bunt.

Die Federn sind <u>weiß</u>.
Tum fühlt sich traurig.

Jeden Tag denkt Tum:
‚Papageien sind bunt.
Bunt ist schön.
Warum bin ich <u>weiß</u>?'

Tum will bunt sein.
Er ist ängstlich.
Am liebsten versteckt
sich Tum hinter Blättern.
Jeder Tag ist langweilig.

In der Nacht

Tum schläft ein.
Er träumt etwas
Spannendes:

Er hört Tier· Stimmen.
Die Tiere sagen zu Tum:
„Mach dich auf den Weg
und sei mutig!
Wir helfen dir.“

Tum ist ängstlich.

Die Tiere rufen:
„Du hast Mut!
Mut tut dir gut!

154

Das schaffst du!
Du lernst dazu!
Weiter so!
Das macht uns froh!"

Tum wacht auf.
Er ist unsicher.
Tum will sein Zuhause
eigentlich **nicht** verlassen.

Tum erzählt seinen Eltern
von dem Traum.
Die Eltern machen Tum Mut.

<u>Tum macht sich auf den Weg</u>

Tum läuft los.
Er hat Angst.
Aber er denkt an die Stimmen
aus seinem Traum.
Tum geht durch den Zoo.
Er wundert sich:
‚Was ist hier blau?'

Der blaue Pfau

Tum sieht einen Pfau.
Der Pfau hat schöne Federn.
Die Federn sind blau.
Der Pfau fliegt zu Tum.

Tum staunt:
„Du fliegst.
Das sieht schön aus!
Das will ich auch können!
Ich will auch fliegen!"

Der Pfau sagt:
„Dafür brauchst du Mut!"

Tum ist ängstlich.
Der Pfau sagt:
„Ich helfe dir.
Wir fliegen zusammen."
Der Pfau ruft:
„Du hast Mut!
Mut tut dir gut!

Das schaffst du!
Du lernst dazu!
Weiter so!
Das macht uns froh!"

Tum traut sich.
Tum und der Pfau fliegen.

Der Pfau staunt:
„Du bist mutig!
Ich bin stolz auf dich!"

Tum ist glücklich.
Jetzt kann Tum fliegen.
Tum dreht sich
vor Freude im Kreis.

Plötzlich sieht Tum etwas.
Eine <u>weiße</u> Feder ist <u>blau</u>.
Das sieht hübsch aus.

Der rote Affe

Tum fliegt jetzt weiter.
Da sind viele Bäume.
Ein Tier klettert hoch
auf den Baum.
Tum erkennt das Tier.
Es ist ein Affe.
Der Affe ist rot.

Tum staunt:
„Du kletterst hoch!
Das will ich auch können.
Aber ich habe Höhen·Angst."

Der Affe fragt:
„Was ist Höhen·Angst?"

Tum erklärt:
„Ich habe Angst vor Höhe.
Ich traue mich **nicht** nach oben.
Ich will **nicht** fallen.
Das tut weh."

Der Affe sagt:
„Du brauchst Mut.
Schau nicht nach unten.
Halte dich gut fest.
Ich helfe dir.
Wir klettern zusammen."

Der Affe ruft:
„Du hast Mut!
Mut tut dir gut!
Das schaffst du!
Du lernst dazu!
Weiter so!
Das macht uns froh!"

Tum traut sich.
Er klettert hoch.
Tum schafft es
nach oben.

Der Affe staunt:
„Du bist mutig!
Ich bin stolz auf dich!"

Tum und der Affe sitzen
oben auf dem Baum.
Jetzt traut sich Tum nach
unten zu schauen.
Die beiden sehen den
Zoo von oben.
Die Aussicht ist schön.

Tum ist glücklich.
Jetzt kann Tum hoch klettern.
Plötzlich sieht Tum etwas.
Eine andere Feder ist <u>rot</u>.
Das sieht schön aus.

Tum überlegt.
‚Ich bin mutig.
Ich lerne etwas Neues.
Dann wird eine Feder bunt.
Ich will bunter werden.'

Das grüne Krokodil

Tum geht weiter.
Da ist ein See.
Tum sieht ein Krokodil.
Das Krokodil ist grün.
Das Krokodil schwimmt im See.

Tum staunt:
„Du schwimmst.
Das will ich auch können!
Ich will auch schwimmen!
Aber der See ist tief."

Das Krokodil sagt:
„Dafür brauchst du Mut!"
Tum ist ängstlich.

Das Krokodil sagt:
„Ich helfe dir.
Du bekommst Schwimm-Flügel.
Wir schwimmen zusammen."

Das Krokodil ruft:
„Du hast Mut!
Mut tut dir gut!
Das schaffst du!
Du lernst dazu!
Weiter so!
Das macht uns froh!"

Tum lernt schwimmen.
Er traut sich.
Tum und das Krokodil schwimmen.

Das Krokodil staunt:
„Du bist mutig!
Ich bin stolz auf dich!"

Tum ist glücklich.
Jetzt kann Tum schwimmen.
Tum hüpft vor Freude.
Und was passiert jetzt?
Eine andere Feder ist grün.
Tum freut sich.
Tum hat jetzt 3 bunte Federn.

Der gelbe Löwe

Tum geht weiter.
Tum hört Lärm.
Das ist sehr laut.

Woher kommt der Lärm?
Da ist ein gelbes Tier.
Ein Löwe brüllt.

Tum staunt:
„Du bist laut.
Ich spreche leise.
Ich will auch laut sprechen."
er Löwe sagt:
„Dafür brauchst du Mut!"

Tum ist ängstlich.
Der Löwe sagt:
„Deine Eltern im Zoo
sollen dich hören.
Schreie so laut du kannst.
Ich helfe dir."

Der Löwe ruft:
„Du hast Mut!
Mut tut dir gut!
Das schaffst du!
Du lernst dazu!
Weiter so!
Das macht uns froh!"

Tum traut sich.
Tum und der Löwe brüllen laut.

Der Löwe staunt:
„Du bist mutig!
Ich bin stolz auf dich!"

Tum ist glücklich.
Jetzt kann Tum laut sprechen.
Tum jubelt vor Freude.

Die letzte Feder ist <u>gelb</u>.
Tum freut sich.
Er ist bunt.
Tum hat 4 bunte Federn.

Mut tut gut

Tum geht nach Hause.
Die Eltern sehen Tum.

Die Eltern fragen:
„Warum bist du **nicht** mehr <u>weiß</u>?
Warum bist du bunt?"

Tum erzählt von seinem Mut:
„Ich kann fliegen.
Ich kann hoch klettern.
Ich kann schwimmen.
Ich kann laut sprechen.
Die Tiere haben mir Mut gemacht."

Die Eltern staunen:
„Du hast viel gelernt.
Du bist mutig.
Wir sind stolz auf dich."

Tum ist glücklich.
Er will mehr lernen.
Tum glaubt an sich.

Tum ruft:
„Ich bin TUM und habe MUT."

Tum hat jetzt Mut für
neue Abenteuer.

Hast du Mut?
Sei mutig wie Tum.
Trau dich!

Tum ruft dir zu:
„Du hast Mut!
Mut tut dir gut!
Das schaffst du!
Du lernst dazu!
Weiter so!
Das macht uns froh!"

Der Bär und der Igel

In einem tiefen Wald wohnt ein Bär.

Der Bär wohnt in einer Höhle.

Die Höhle ist sehr gemütlich und warm.

Der Bär macht gerne lange Mittagsschlaf in der Höhle.

Der Bär macht auch gerne Musik.

Der Bär kann nämlich sehr gut trommeln.

Und der Bär trifft sich gerne mit seinem Freund dem Igel.

Der Bär und der Igel machen oft zusammen Musik.

Der Igel kann nämlich sehr schön Geige spielen.

Das macht immer viel Spaß!

Der Igel wohnt auf einem Berg.

Der Berg ist neben dem Wald.

Aber der Weg zum Berg ist sehr weit.

Deswegen sehen sich der Bär und der Igel nur selten.

Der Bär wacht gerade von seinem Mittagsschlaf auf.

Mit einem lauten Gähnen steht der Bär auf.

Der Bär schaut aus seiner Höhle.

Aber was ist das?

Der Bär stößt sich seine Nase.

Da muss der Bär laut niesen.

Hatschi!

Der Bär wischt sich kurz mit seinen Pfoten über die Nase.

Vor dem Eingang ist eine weiße Wand.

Vorsichtig stupst der Bär gegen die weiße Wand.

Die Wand gibt nach.

Der Bär leckt mit der Zunge über die weiße Wand.

Br... Kalt ist das!

Der Bär schüttelt sich und ruft:

„Jetzt weiß ich was du bist!

Der erste Schnee.

Es ist jetzt Winter."

Am nächsten Tag ist der Schnee noch da.

Und der Bär will seinen Freund den Igel besuchen.

Also schaufelt der Bär den Schnee zur Seite.

Von draußen scheint helles Licht in die Höhle.

Der Bär schaut in den Wald.

Alles ist jetzt weiß.

Die Bäume sind weiß.

Und der Boden ist weiß.

Auch auf dem Berg vom Igel liegt Schnee.

Der Bär geht nach draußen.

Der Bär sinkt mit seinen Beinen tief in den Schnee.

Erst läuft der Bär durch den Wald.

Dann läuft der Bär den Berg hinauf.

Das Gehen ist anstrengend.

Aber der Bär läuft immer weiter.

Nach einer Weile kommt der Bär auf dem Berg an.

Der Bär ist sehr erschöpft.

Aber der Bär ist auch sehr glücklich.

Der Igel freut sich über den Besuch und fragt:

„Hast du Hunger?"

Der Bär antwortet:

„Ja.

Aber erstmal muss ich meinen Mittagsschlaf machen.

Ich bin so müde!"

Der Igel lacht.

Nach dem Mittagsschlaf essen der Bär und der Igel
ein paar Beeren.
Der Bär erzählt dem Igel von seinem Erlebnis
mit dem ersten Schnee.
Der Igel lacht wieder.
Dann fragt der Igel:
„Hast du deine Trommel dabei, Bär?"
Der Bär schüttelt den Kopf.
„**Nein.**
Meine Trommel habe ich leider vergessen."

Der Bär ist traurig.
Und der Bär ärgert sich ein bisschen über sich selbst.
Aber der Igel klopft ihm sanft auf die Schulter und sagt:
„**Nicht** so schlimm.
Dann spiele ich auf der Geige.
Und du singst."
Der Bär schaut den Igel erstaunt an:
„Singen?!
Ich?
Nein.
Ich singe **nicht**.
Ich trommle."

170

Der Igel antwortet:

„Aber allein macht Geige spielen **keinen** Spaß.

Du kannst ja Summen."

Das findet der Bär gut.

Und so machen der Bär und der Igel zusammen Musik.

Der Igel spielt auf der Geige, und der Bär summt dazu.

Langsam wird es dunkel.

Der Bär muss zurück nach Hause.

Der Bär winkt dem Igel zum Abschied.

Dann macht sich der Bär auf den Weg zurück.

Erst läuft der Bär den Berg hinunter.

Dann läuft der Bär durch den Wald.

Zurück in seiner Höhle denkt der Bär:

Das war ein schöner Tag.

Nächste Woche besuche ich den Igel wieder!

Doch in der nächsten Woche reicht

der Schnee dem Bären bis zur Schulter.

Der Bär sagt zu sich:

„So komme ich **nicht** zum Igel.

Aber nächste Woche ist der Schnee bestimmt wieder weg!"

Aber der Schnee schmilzt **nicht**.

Es vergehen 3 Wochen.

Der Bär vermisst den Igel.

Aber der Schnee liegt zu hoch.

Der Bär kann **nicht** zum Igel gehen.

In der 4ten Woche schreibt der Bär einen Brief an den Igel.

Den Brief gibt der Bär dem Storch.

Der Storch ist nämlich der Postbote im Wald.

Am nächsten Tag kommt der Storch zurück.

Im Schnabel hat der Storch einen Brief vom Igel.

Der Bär freut sich.

Aber gleichzeitig denkt der Bär:

Hoffentlich schmilzt der Schnee nächste Woche.

Ich möchte so gerne zusammen mit dem Igel Musik machen.

Doch der Schnee schmilzt **nicht**.

Der Bär schreibt dem Igel also wieder einen Brief.

Und der Storch fliegt mit dem Brief zum Berg.

An diesem Tag wehen dem Bären

immer wieder Schneeflocken in die Höhle.

Der Bär schaut aus seiner Höhle.

Draußen ist es sehr windig.

Die Bäume wiegen sich von einer zur anderen Seite.

Und der Wind wirbelt den Schnee am Boden auf.

Wie weiße Wolken schweben die Schneeflocken dann kurz hoch.

Schon am Abend kommt der Storch wieder.

Die Federn stehen dem Storch wild ab.

Der Storch keucht laut und krächzt:

„Großer… Sturm… Bär.

Ich… komme… nicht… auf… den… Berg.

Brief… ist… weg… geflogen."

Der Bär ist sehr traurig.

Jetzt kann ich dem Igel auch **keine** Briefe mehr schicken!

Am Abend setzt sich der Bär vor seine Höhle.

Der Berg sieht wie weiß gepudert aus.

Der Wind fährt dem Bären durch das Fell.

Das kitzelt ein bisschen.

Aber es fühlt sich auch schön an.

So als ob der Wind den Bären streichelt.

Auf einmal hört der Bär leise eine Geige spielen.

Das ist der Igel!

Denkt der Bär sofort.

Schnell läuft der Bär in seine Höhle.

Mit der Trommel kommt der Bär zurück.

Der Bär trommelt vor seiner Höhle.

Und der Igel spielt Geige auf dem Berg.

Der Bär ist glücklich.

Trotzdem denkt der Bär:

Ich freue mich auf den Frühling.

Dann kann ich wieder auf den Berg.

Und den Igel wiedersehen.

SUSANNE STRNADL

Manchmal möchte ich ein Baum sein.

Manchmal möchte ich ein Baum sein.

Wenn die Leute gemeine Sachen zu mir sagen, zum Beispiel.

Da wird mir ganz heiß, und mein Herz klopft ganz arg.

Dann möchte ich die Leute anschreien oder sogar schlagen.

Aber danach bin ich müde.

Und traurig.

Dann möchte ich ein Baum sein.

Ich möchte so still sein wie ein Baum.

Einfach nur so dastehen und mich nicht mehr kränken.

Bäume sind auch lebendig, das weiß ich.

Aber sie müssen nicht reden und nichts erklären.

Und sie müssen nie weinen.

Manchmal gehe ich in den Park

und lege meine Hände auf einen Baum-Stamm.

Ich fühle die Rinde unter meinen Fingern

und schaue hinauf in die Blätter.

Ich höre zu, wie der Baum rauscht.

Dann stelle ich mir vor:
Der Baum spricht mit mir.
Er sagt: Sei nur still.
Alles wird gut.
Und ich werde ein bisschen stiller.
Und alles wird ein bisschen besser.

Aber manchmal ist das zu wenig.
Dann stelle ich mir vor: Ich bin ein Baum.
Ein großer Baum mit einem dicken Stamm.
Die Vögel bauen ihre Nester auf meinen Ästen.
Die Kinder laufen um mich herum.
Manchmal schneidet jemand ein Herz in meine Rinde
mit zwei Buchstaben drin.

Und manchmal kommt jemand
und legt seine Hände auf mich.
Und schaut hinauf in meine Blätter.
Und hört mir beim Rauschen zu.
Und will sein wie ich.

DIE AUTORINNEN

Anders Almut

Lebt in Berlin. Sie schreibt Geschichten und Romane.

Übersetzerin für Leichte und Einfache Sprache.

2016 hat sie einen Roman in Einfacher Sprache veröffentlicht.

1. Preis der „Kunst der Einfachheit" der Lebenshilfe 2020.

Almut Anders ist ein Pseudonym. Unter www.ilkahaederle.de finden Sie mehr Informationen über die Autorin.

Gernet Katharina

1967 in München geboren.

Sie ist Kursleiterin bei der Volkshochschule im Fachbereich Grundbildung und Alphabetisierung.

Übersetzerin für Leichte Sprache.

Holzmann-Koppeter Astrid

1987 geboren, promovierte Erziehungs- und Bildungswissenschaftlerin. Zahlreiche wissenschaftliche und literarische Publikationen, darunter Kurzgeschichten und Gedichte. 2. Platz beim Schreibwettbewerb des Bundesministeriums für europäische und internationale Angelegenheiten. Homepage: www.holzmann-koppeter.at

Keßler Susanne

55 Jahre, in Jena/Thüringen aufgewachsen.

Sie ist Sonderschullehrerin und arbeitet in der Beratungsstelle und am Seminar für Sonderpädagogik. Sie ist im Netzwerk Leichte Sprache Karlsruhe und beschäftigt sich auch beruflich mit Leichter Sprache.

Bilder von **Ida Grosse**, Illustratorin, Karlsruhe.

Klimkowsky Slavica

1958 in Kroatien geboren, lebt in Berlin. Studium der Medizin. Sie schreibt Rezensionen, Essays und Kurzprosa und veröffentlicht in Anthologien. Preisträgerin bei mehreren Literaturwettbewerben. Vorsitzende des Autorenforum Berlin e.V., Herausgeberin zweier Anthologien und Co-Autorin zweier Mosaikromane.

Kruber Sabine

1971 in Köln geboren. Diplom-Sprachheilpädagogin, Autorin und Bloggerin. Literaturblog www.lies-doch-einfach.de. 2016 erschien ihr erster Roman („Leon Reed – Zack ins Abenteuer"). 2021 erscheint ihr Fantasyroman „Das Tor ins Anderswann", ab 12 Jahren. Er ist nicht in leichter Sprache geschrieben.

Kuschela Silvia

1970 in Kärnten geboren. Studium der Betriebswirtschaft.
Marketing Managerin bei der Zürich Versicherungs-
Aktiengesellschaft mit Schwerpunkt Texten. Die Komplexität der
Versicherungssprache brachte sie zum Thema Einfache Sprache.
Absolventin des capito Lehrgangs, Wien 2020.

Lauer Andrea

1972 in Thüringen geboren. Sie schreibt in Einfacher Sprache.
Hierfür hat sie Preise und ein Stipendium bekommen.
Sie hat 2 Söhne und lebt mit ihrer Frau auf dem Land.
www.andrea-lauer.de

Leto Anna-Maria

1985 in Berlin geboren, Studium der Rechtswissenschaften. Sie
ist als Juristin in einer Behörde tätig.
Publikums-Preisträgerin des 6. Literatur-Wettbewerbs "Die
Kunst der Einfachheit 2020". Im Jahr 2021 hat sie den 2. Platz
des 7. Literatur-Wettbewerbs „Die Kunst der Einfachheit 2021"
der Berliner Lebenshilfe belegt.

Lüthen Alexandra

1977 in Westfalen/Deutschland geboren, lebt als Schriftstellerin in Berlin. Sie schreibt Kurzprosa, Fachliteratur und Romane. Mehrfach auch für Literatur in Einfacher Sprache ausgezeichnet. Erzählbände in Einfacher Sprache: „Bärenzart" und „Paradiesfedern", Passanten Verlag. Sachbuch „Allen eine Chance - Warum wir Leichte Sprache brauchen", Duden Verlag.

Pawlik Ana

1981 nahe Stuttgart geboren. Ausbildung zur Heilerziehungs-Pflegerin. Im Jahr 2020 Absolventin des Leicht Lesen Lehrgangs von capito Wien.
2021 ist ihr Roman „In den Klauen der Macht" im Bucher Verlag erschienen. Er ist nicht in Leichter Sprache geschrieben.

Schäfer Claudia

1966 in Marbach am Neckar in Deutschland geboren. Seit 1990 Lehrerin in einem Sonderpädagogischen Bildungs- und Beratungszentrum mit dem Schwerpunkt Geistige Entwicklung. 2018 Weiterbildung bei capito Berlin zum Thema Leicht Lesen. Mehrere Veröffentlichungen.
2020 erschien ihr erstes Buch in Leichter Sprache mit dem Titel „Sie nennen mich Nela" im Verlag edition naundob in Berlin.

Schreyer Lea

1997 in Würzburg geboren. Sie studiert Lehramt
Sonderpädagogik und schrieb ihre Bachelorarbeit über das
Thema „Leichte Sprache im schulischen Kontext".
Sie lernt die Gebärdensprache und möchte Kinderbuchautorin
werden.

Schwarzer Cornelia

1994 in Düren geboren. Studium „Barrierefreie Kommunikation"
an der Universität Hildesheim
Mitarbeit als Leichte Sprache Übersetzerin und Autorin im
Projekt „Inklusives Kinderbuch".

Strnadl Susanne

1962 in Baden geboren, lebt seit 1986 in Wien.
Abgeschlossenes Studium der Zoologie und Botanik, freie
Wissenschaftsjournalistin („Der Standard").
Autorin von einem Kinderbuch, vier Romanen und einem
Theaterstück, jeweils in Wiener Verlagen erschienen.

ÜBER CAPITO WIEN

capito Wien ist Teil des capito Netzwerks.
Schwerpunkt unserer Tätigkeit ist das Übersetzen und
Vereinfachen von Texten in 3 Sprachstufen: A1, A2 und B1.
Diese Sprachstufen entsprechen dem Europäischen
Sprachreferenzrahmen GERS. Meist geht es um Behördentexte
und rechtliche Informationen.

Ziel ist, dass möglichst ALLE Menschen diese Texte leicht lesen
und gut verstehen können. Auch die barrierefreie Gestaltung
der Texte ist eine wichtige Aufgabe von capito.

Mit dem Wettbewerb Literatur in Leichter Sprache gehen wir
einen Schritt weiter. Wir wollen zeigen, dass es auch möglich ist,
literarische Texte leicht verständlich zu schreiben.
Zielgruppe sind Menschen, die sonst kaum lesen, weil die
meisten Bücher für sie zu schwer geschrieben ist.

Wir hoffen, dass dieses Buch viele Leserinnen und Leser findet
und freuen uns über Ihre Rückmeldungen.
Schreiben Sie uns an: wien@capito.eu